Es ist der 10. März 1946, die italienischen Frauen gehen zum ersten Mal wählen, als sich am Bahnhof von Florenz zwei junge Menschen begegnen. »Ich war bei den Partisanen«, sagt er zu ihr, »und ich habe niemanden mehr.«

Ende der fünfziger Jahre sind Aurora und Modesto ein kinderloses Lehrerehepaar; dem ermatteten Alltag entfliehen beide mit einer Liebschaft. Eines Tages erhält Modesto einen anonymen Brief, der einen »alten Fehler« heraufbeschwört, und ist sichtlich aus der Fassung gebracht. Erst verbarrikadiert er sich im Klassenzimmer, als man ihn nach Hause schickt, kauft er sich ein Paar Lederstiefel und tritt eine Reise in die Vergangenheit an, bei der ein Geräteschuppen in den Abruzzen, ein dressiertes Äffchen, ein Onkel im schwarzen Hemd, ein müder Gaul im Schnee, eine schallende Ohrfeige und ein anderes Paar Stiefel, das in einer Hütte auf offener Steppe den Besitzer wechselt, eine Rolle spielen.

Ruska Jorjoliani, italienische Autorin mit georgischen Wurzeln, legt in ihrem so vielschichtigen wie ironisch-scharfsinnigen Familienroman Spuren in die bewegte Geschichte des zwanzigsten Jahrhunderts, Spuren, die sich kreuzen, umkreisen, manchmal auch verfehlen, aber nach und nach den Boden der Gegenwart untergraben.

Ruska Jorjoliani

Drei Lebende, drei Tote

Roman

Aus dem Italienischen
von Barbara Sauser

EDITION BLAU
Rotpunktverlag

Das Erscheinen dieses Buchs wurde von der Fondation Jan Michalski gefördert, die Übersetzung von der Schweizer Kulturstiftung Pro Helvetia.

FONDATION JAN MICHALSKI POUR L'ECRITURE ET LA LITTERATURE

prohelvetia

Die Übersetzerin und der Verlag bedanken sich dafür.

Der Rotpunktverlag wird vom Bundesamt für Kultur mit einem Strukturbeitrag für die Jahre 2021–2024 unterstützt.

Die Originalausgabe ist 2020 unter dem Titel *Tre vivi, tre morti* bei Voland Edizioni, Rom, erschienen.

www.rotpunktverlag.ch
www.editionblau.ch

Lektorat: Daniela Koch

Umschlagbild: Sergei Mikhailovich Prokudin-Gorski, 1905. Photograph collection, Library of Congress, Prints and Photographs Division.

Satz: Patrizia Grab

Druck und Bindung: Friedrich Pustet, Regensburg

ISBN 978-3-85869-924-4

1. Auflage 2021

Dieser Titel ist auch als E-Book erhältlich.

Für Enzo, meinen zweiten Vater

»Alles geschieht,
und nichts wird aufbewahrt«

Jorge Luis Borges
Die Spiegel

Inhalt

ERSTER TEIL

Späte fünfziger Jahre

Prolog 11

1. Der Neuntöter und der Mann 13
2. Die Physik der alltäglichen Dinge 18
3. Die Metaphysik der nichtalltäglichen Dinge 26
4. Vier Typen ziemlich unsympathischer Männer 36
5. Andere sonderbare Männer 43
6. Der Journalist 51
7. Die Schauspielerin 63
8. Die Münzen 70
9. Der Wachposten 73

ZWEITER TEIL

Vierziger Jahre (zwischendurch auch dreißiger Jahre)

1. Der junge Mann 83
2. Der Vater 104
3. Der Onkel 128
4. Der Kreis 151

INTERMEZZO

oder

Die drei, die den anonymen Brief hätten schreiben können

1. Don Sebastiano, Verfasser religiöser Erzählungen **171**
2. Dalmazio Tarantini, Verfasser von Briefen **180**
3. Guerino Santoni, Verfasser eines Gedichts und der hastig notierten Zusammenfassung eines Traums **186**

DRITTER TEIL

Späte fünfziger Jahre

1. Da wäre auch noch Aurora Giusti, die seit Kurzem Tagebuch führt **191**
2. Derweil Guerino beziehungsweise Modesto **198**
3. Aurora schreibt weiter **201**
4. Der Blitz **206**
5. Die Statue des Dichters **214**
6. In rötlichem Gewölk **222**
7. Die letzten Seiten des Tagebuchs von Aurora **226**
8. Die Sendung **230**

Dank **234**

ERSTER TEIL

Späte fünfziger Jahre

Prolog

Er sah den Mann von hinten. Wie er kerzengerade über dem rauschenden Bach in der Böschung stand, sich am Stamm einer Silberweide zu schaffen machte. Ihm war sofort klar, dass es sich um seinen Vater handeln musste, denn im Traum, wie in Momenten besonderer Anspannung oder Erwartung, ist ein Vater auch allein am Rücken zu erkennen.

Mit einem Messer ritzte er den Baum an und zog lange, dünne Rindenstreifen ab. Fraglos war gerade Herbst, die beste Jahreszeit für eine solche Arbeit, auch wenn der Zeitbegriff das Wegegeld ist, das man für den Eintritt in einen Traum bezahlt.

Dieser Mann war schon immer davon überzeugt gewesen, dass die Silberweidenrinde eine schmerzstillende Wirkung hat, und auch der Sohn glaubte daran, schließlich glaubt jeder einem Vater, der im ersten Morgengrauen aufsteht und über einem Abgrund eine steinige Böschung hochklettert, um ein Mittel gegen Schmerzen aufzutreiben.

Er hoffte, der Mann würde sich umdrehen, damit er sein Gesicht wiedersehen konnte, auch wenn von seinem Standort aus nicht viel erkennbar wäre. Nicht infrage kam, »Vater« oder gar »Papa« zu rufen. Stattdessen hatte er Lust, seinen klingenden Taufnamen herauszuschreien, sich damit wie mit einem Enterseil an seinem Rücken festzuhaken. Er konzentrierte sich also, tastete sich durch die trübe Erinnerung, doch inmitten von anderen hundert mit hundert Gesichtern verknüpften Namen wollte ihm jener seines Vaters partout nicht einfallen.

Während er noch angestrengt nachdachte, brach auf einmal ein Schwarm Vögel in die Szene ein und setzte unter ohrenbetäubendem Lärm zum Sturzflug an. In einer einzigen schwarzen Welle gewölbter Flügel – spitze Schnäbel, blau gesprenkeltes Gefieder – stifteten die Vögel Unruhe, blieben in einem plötzlich aufgetauchten Netz hängen, verdunkelten den Blick auf Böschung und Vater und schreckten den Sohn aus seinem Traum auf.

1.

Der Neuntöter und der Mann

Er schlug die Augen auf. Seine Frau schlief neben ihm auf dem Rücken und schnarchte leise. Ein paar Minuten lag er reglos da und starrte die Decke an, die Arme über dem Laken auf dem Bauch ausgestreckt. Durch das Fenster drang die Morgendämmerung herein, ein Fahrrad quietschte, ein junger Mann sang vor sich hin. Er setzte sich auf und knetete die Füße, bevor er in die Pantoffeln schlüpfte.

Dann trank er ein Glas Wasser und sah sich ohne sonderliches Interesse die Post an. Den Geräuschen aus dem Schlafzimmer nach zu schließen, war inzwischen auch seine Frau aufgestanden.

Als er ihn in den Händen hielt, dachte er zuerst an einen Scherz, aber genau besehen machte ihm dieser gelbe Umschlag doch einen ziemlich ernsten Eindruck: die Briefmarke mit dem Papst, die zierliche, maßvolle Handschrift… Irgendetwas daran wirkte nicht minder real als der Postbote, der ihn hergebracht hatte, oder der Briefkasten, durch dessen Schlitz er ihn eingeworfen hatte. So setzte er sich hin.

Er las ihn mit angehaltenem Atem. Der Brief war anonym, maschinengeschrieben, die »s« dunkler als die anderen Buchstaben, wie kleine Drahtfedern auf dem Sprung, in fast jeder Zeile, und als eine Art Schlusspunkt gab es da diese Beleidigung, die ihm eine Weile durch den Kopf wirbelte, sich dann nach und nach setzte.

Er stand auf, strich sich über den Haaransatz, der im Laufe der Jahre allmählich Richtung Nacken gewandert war, und trat ans Fenster. Las, an den Fensterpfosten gelehnt, den Brief ein zweites Mal, in einem anderen Licht, was am Sinn dieser Worte jedoch nichts zu ändern vermochte:

Werter Herr Lehrer,

glauben Sie ihnen nicht, jenen Dichtern, die behaupten, die Wahrheit sei so nichtig wie die Lüge. Nicht immer kommt man in der Blüte des Lebens mit einem maroden Ruder weiter, denn sobald es ans Verlesen der Namen geht, wird alles samt und sonders an die Oberfläche steigen, die Schreckgesichter ebenso wie die alten Fehler. Und einen Namen haben sie, diese Toten, mag er auch vergessen sein, wohingegen sich über Sie große Stille herabsenken wird. Was jenes Ruder betrifft, mit dessen Hilfe Sie ans andere Ufer übergesetzt haben, so vermodert es nun im Seichten, wie alles, was aus dem Wasser gekommen ist und von diesem wieder zersetzt wird. Deshalb sage ich Ihnen: Eher noch als ein Mörder sind Sie ein ausgemachter Dummkopf.

Er schob die Vorhänge ein wenig zur Seite, sah nach draußen. Im großen Innenhof verfolgten sich zwei schnappende Hunde; neben der Rabatte lag ein umgekipptes Dreirad; ein Herr mit Borsalino und braunem Mantel erfragte eine Auskunft bei einer Frau im Kittel, die am anderen Hofende Wäsche aufhängte.

Der Mann wandte sich ab, ging zum Vitrinenschrank, zog ein Buch mit verblasstem, zerfasertem Rücken hervor und legte es auf den Schreibtisch. Beugte sich im Stehen darüber und blätterte. Es war *Der kleine Lavater*. Bald fand er die gesuchte Seite und las, mit dem Finger den Zeilen folgend:

Eigenschaften des Dummkopfs. Hinterhaupt sehr rund; kurzer Hals; breite, runde, fleischige Stirn; Auge matt, träge, ausdruckslos; großer, grober Kiefer; kurze, feste Beine, dicke Hüften, Gelenke von kleinem Umfang; Gliedmaßen schlecht gebaut; volles, großes Gesicht; Bewegungen plump.

Er blickte zuerst auf seine Beine hinunter, die tatsächlich etwas stämmig waren, betastete dann, während er das Buch mit zwei Fingern der einen Hand aufgeschlagen hielt, mit der anderen seinen Kiefer. Aus der Küche hörte er Geschirrklappern.

»Hey, Aurora, hör mal…«

»Ja?«

»Sag, findest du meinen Blick träge und ausdruckslos?«

»Wie soll dein Blick sein?«, klang es schrill zurück.

»Ist mein Gesicht voll und groß?«

»Ich verstehe dich nicht. Red lauter!«

»Schon gut, vergiss es«, sagte er und legte das Buch wieder auf den Schreibtisch.

»Der Kaffee ist fertig. Kommst du?«

»Nein.«

Er ging ins Wohnzimmer, sank auf das Sofa und verschränkte die Hände hinter dem Nacken. Zunächst betrachtete er die grauen Feuchtigkeitsflecken an der Decke, dann sah er zum Fenster: Zwei Spatzen hüpften über den Ast des Zürgelbaums.

»Was hast du?«, schreckte ihn die Stimme seiner Gemahlin auf, die in der Tür stand. »Kommst du endlich zum Frühstück?«

»Okay, okay.«

Er stand auf und schlurfte in die Küche.

»Hast du einen Brief bekommen?«, fragte Aurora am Tisch. »Du hattest einen Umschlag in der Hand.«

»Weißt du, was ein Neuntöter ist?«, gab er zur Antwort.

»Ein Neuntöter.«

»Ein Neuntöter.«

»Keine Ahnung«, Aurora lächelte über ihrer dampfenden Tasse, »was denn?«

»Ein Vogel«, sagte er. Er hielt den Löffel über der Zuckerdose und drehte ihn zwischen den Fingern, ohne sich entschließen zu können, wie gewohnt zweimal zu nehmen.

»Und was ist mit diesem Vogel?«

»Wenn er eine Beute erwischt«, er sah ihr direkt in die Augen, »verspeist er sie nicht sofort.«

»Aha«, sagte Aurora und goss sich die letzten in der Kanne verbliebenen Tropfen Kaffee nach.

»Er spießt sie an Dornen auf«, nun tauchte er den Löffel doch in die Zuckerdose und verstreute ringsum Zucker, »und frisst sie erst später auf.«

»Aha.«

»So macht er das«, sagte er und seufzte, gab endlich zwei Löffel in den Kaffee, rührte.

»Kommst du über Mittag nach Hause?«, erkundigte sich Aurora, drückte die Fingerkuppe des Zeigefingers in den verschütteten Zucker, führte ihn zum Mund und zerknabberte die Kristalle mit den Vorderzähnen.

»Weiß ich nicht«, antwortete er zwischen zwei Schlückchen.

»Wie, weißt du nicht?« Seine Frau hörte auf, Zucker aufzusammeln. »Lehrerkonferenz?«

»Nein.«

»Was dann?«

»Ich weiß es nicht und fertig! Darf ich endlich in Ruhe meinen Kaffee austrinken?«

Aurora sah auf seine leere Tasse hinunter.

2.

Die Physik der alltäglichen Dinge

Er

Das Gefühl, etwas stimme nicht, überkam Aurora, als ihr Mann, bevor er sich auf den Weg zur Schule machte, entschlossen das Handtuch auffing, das sie ihm von der Schwelle des Badezimmers aus zuwarf.

Und zwar weil Modesto in solchen Dingen, wie in so vielen anderen, eigentlich ein Weltmeister der Unentschlossenheit war. Wenn jemand auf die Idee kam, ihm irgendetwas zuzuwerfen – eine Streichholzschachtel, ein Glas Marmelade –, bekam man den Eindruck, er wollte es mit seinem Blick, der umgekehrt verwirrt diesem Ding entgegenstrebte, allen physikalischen Gesetzen zum Trotz in der Luft festnageln. Flog es aber trotzdem weiter auf ihn zu, vollführte Modesto andeutungsweise eine L-Bewegung, wie sie das Pferd im Schachspiel macht: einen Schritt zur Seite und dann zwei nach hinten oder vorne. Seine Lebensphilosophie lautete mit anderen Worten »ausweichen«. Damit teilte sich das ganze Universum in zwei Sorten Dinge: jene, die, um es so zu nennen, auf ihn zukamen und ihn oft überrumpelten, und die anderen. Letztere verweilten diskret, jederzeit zugänglich, an Ort und Stelle, etwa die Bücher oder der Sekretär aus lackiertem Holz, den eine sich als Landadlige gebärdende Tante seiner Frau hinterlassen hatte.

»Sieh an, sieh an!«, lächelte Aurora. »Signor Pacini fängt den Ball!«

»Was ist daran so besonders?«

»Ach, nichts«, sagte sie, trat ins Schlafzimmer und ging zum Schrank. »Fast nichts.«

Modesto hüpfte ihr nackt und barfuß bis zur Tür hinterher, wo er innehielt, da er sich nicht weiter vorwagte. Über den Innenspiegel des Schranks sah Aurora zu, wie ihr Mann bibbernd seinen nassen Körper abtrocknete: Die Pobacken funkelten im Wechsel, gaben für Augenblicke den Blick auf den Penis frei, der sich unter dem dunklen Haarfleck zusammengezogen hatte.

Als Modesto fertig war, trottete er ins Zimmer, warf das Handtuch aufs Bett und landete beinahe einen Volltreffer, ein Zipfel nur hing über den Rand hinaus und strebte Richtung Fußboden. Auch das war ungewöhnlich, wenn man bedachte, dass seine Versuche, einen Hut oder eine Schachtel Zigaretten auf den Tisch zu werfen, stets kläglich scheiterten – im besten Fall berührte der Gegenstand noch den Rand, um dort abzuprallen und auf dem Boden zu landen.

Aurora drehte sich mit einem Ruck zu ihm um.

»Was soll diese ganze Geschichte eigentlich?«

Der nackte Modesto blieb mitten im Zimmer stehen.

»Welche Geschichte?«

»Herrgottnochmal, welche denn!« Seine Frau packte mit einem Seufzer das Handtuch, das auf dem Bett lag, und warf es ihm ins Gesicht.

»Alles in Ordnung, Aurora?«, sagte er, ohne sich zu rühren. Er schaute zuerst auf sie, dann auf das Handtuch, das ihm vor die Füße gefallen war.

»Mir geht es bestens!«

»Da wäre ich mir nicht so sicher.«

Aurora zeigte auf das Handtuch. »Verstehst du nicht, dass es gleich da hätte landen sollen?«

»Wie meinst du das, Aurora?« Modesto blickte auf das Frottiertuch hinunter, das die noch feuchte Spitze seiner großen Zehe berührte. »Ich verstehe rein gar nichts.«

Da setzte sie sich auf den Bettrand und verbarg das Gesicht in den Händen.

Sie

Das Telefon aus schwarzem Bakelit klingelte dreimal, ehe sie den Hörer abnahm.

Ihre Neugier betraf weniger die Dinge selbst als vielmehr die Art, wie sie aufeinander einwirkten, sich verquickten. Sie hatte im Gegensatz zu ihren Freundinnen eigentlich nie an Heirat gedacht. Es war allein jener Tag im Jahr 1946 in Florenz gewesen, der mit seiner Entwicklung vom Sonnenaufgang bis zum Sonnenuntergang mit dem ihn durchflutenden Licht entschieden hatte, wie die Dinge sich fügen würden.

Am Morgen hatte sie zusammen mit ihrem Papa die etruskische Chimäre gesehen. Danach waren sie zum Bahnhof gegangen, sie hatte sich jung und fröhlich an den Arm des Vaters gehängt, der seinerseits düster unter einem schief sitzenden Hut hervorblickte. Unvermittelt hatte sie gesagt:

»Wie kommt man wohl auf die Idee, ein solches Tier darzustellen?«

Der Papa starrte vor sich hin. »Was für ein Tier?«

»Die Chimäre.« Die Tochter drückte heftig seinen Arm. »Schon vergessen?«

»Ah, natürlich.«

»Löwe, Ziege und Schlange in einem einzigen Körper vereint. Ist doch merkwürdig.«

Auch sie starrte nun auf die Straße vor sich. Links funkelte die Fassade einer Kirche in der Märzsonne. Aurora hatte kurz zuvor das Lehrerinnenseminar abgeschlossen und fühlte sich nun an einem Wendepunkt in ihrem Leben, sie würde nur die Zeichen lesen müssen und schon wäre alles klar. Mitten auf dem Trottoir spielte eine Schar Kinder Verstecken. Vater und Tochter und sonstige Passanten mussten ihnen ausweichen.

Während die Kinder hinter ihnen weiter herumflitzten und schrien, rückte der Vater seinen Hut zurecht und sagte: »Das ist nur eine Metapher. Für einen Berg. Vielleicht einen Vulkan.«

Zuerst verstand sie nicht. Ach, natürlich, die Chimäre. Sie nickte. Eigentlich hätte sie etwas einzuwenden gehabt, aber jetzt redete ihr Vater, und sein irgendwie zweifelnder Ton – eine große Seltenheit, da es für ihn Ehrensache war, im Leben nur einen einzigen Zweifel zu haben (er betraf den Tod) –, dieser Ton war, das fühlte sie, ein deutliches Zeichen von Zuneigung. Außerdem waren sie schon vor dem Quadermauerwerk des großen Bahnhofs angekommen und hatten beide Hunger.

Unter der Abfahrtstafel aßen sie im Stehen ein Brötchen, das sie bei einem fliegenden Verkäufer gekauft hatten, und während sie beobachteten, wie Züge ankamen und abfuhren, fielen ihr die Griechinnen ein, die sie ein paar Wochen zuvor auf der Titelseite der

Domenica del Corriere gesehen hatte: stolze, selbstsichere Frauen in bunten Hemden und Hosen, Maschinengewehr im Anschlag, im Begriff, einen Konvoi zu überfallen.

Der Bahnhofsvorsteher pfiff, sie gingen zu den Gleisen, aus dem Lautsprecher drang Unverständliches, der Papa tippte sich vor dem Einsteigen an den Hut, lächelte ihr zu und sagte: »Signorina.«

Als der Zug sich in Bewegung setzte, blieb sie in ihrem gestreiften Rock und Jäckchen reglos auf dem Bahnsteig stehen. Sie konnte ihn im Gedränge jenseits der Scheibe nicht mehr sehen. Seinen immer noch schiefen Hut aber schon und flüchtig vielleicht doch auch seinen ernsten Gesichtsausdruck, mit Anzeichen weiterer Zugeständnisse an den vorherigen Zweifel. Dessen, also ihm noch ins Gesicht geschaut zu haben, war sie sich später allerdings immer weniger sicher, während sie es sich, umgekehrt proportional, immer stärker wünschte, da sie ihn an diesem Tag zum letzten Mal gesehen hatte.

Schon als Kind hatte sie gehört, wie die Erwachsenen ihren Papa als Patrioten bezeichneten, der sich verdient gemacht habe in jenen unzähligen Nächten der Kugeln, Brücken und versteckten Pfade. Ein knappes Jahr nach Kriegsende stieg er in den Zug nach Rom, um dort Kameraden zu treffen. Er kehrte nie zurück, und über seinen Verbleib ließ sich nichts in Erfahrung bringen. Sie besaß von ihm nur ein Foto und ein deutsches Klappmesser (Marke Solingen) mit einem Holzgriff, aus dem man auch eine Ahle ziehen konnte. »Das habe ich einem Faschistenschwein abgenommen«, hatte er einmal erzählt. Sie bewahrte es all die Jahre stets auf dem Wandbord unter dem Spiegel auf.

Aber davon wusste sie an diesem Märztag noch nichts. Als sie ein paar Stunden zuvor durch den Museumspark spaziert waren und unter der großen Eibe einen Halt einlegten, hatte der Papa gesagt:

»Vergiss nicht, wählen zu gehen.«

»Und du?«

»Ich habe anderes zu tun.«

»Wird sich damit etwas ändern?«

»Die verkrustete Zeit wird aufgebrochen. Mal sehen, was dabei herauskommt.«

Ein bisschen so, als meißelte man ein zuvor unbekanntes, skurriles, dreiköpfiges Tier in Stein.

Als sie den Bahnhof verließ, beschloss sie, direkt hinzugehen, beschwingten Schritts in ihrem Jäckchen mit den kantigen Schulterpolstern, die die Luft sauber durchschnitten. Wie der Vater es gewünscht hatte und ohne groß zu überlegen, eilte sie zur Wahlurne, ganz ergriffen davon, dass den Frauen zum ersten Mal eine politische Rolle zugestanden wurde, dass er sie »Signorina« genannt hatte, und auch noch von der etruskischen Chimäre.

Als sie aus dem zum Wahllokal umfunktionierten Schulgebäude trat, erkannte sie plötzlich den jungen Mann, der aus demselben Zug ausgestiegen war, den ihr Vater genommen hatte. Er trug Jacke und Hose aus blauer Kammwolle, beides ziemlich abgewetzt, und erweckte mit seiner Art zu gehen den Eindruck, die Füße keine Sekunde länger als nötig auf der Erde belassen zu wollen. Als er mit seiner Hüpferei aufhörte und stehen blieb, musste sie an einen atemlosen Matrosen in einem schwankenden Mastkorb denken, der den Blick in die Ferne richtet und jeden Moment je nachdem »Land in Sicht!« oder »Gefahr in Verzug!« rufen kann.

Stattdessen sagte er: »Ich bin Ihnen vom Bahnhof her gefolgt«, blieb stehen und schaute über die von einer schief eingesteckten Haarnadel unterbrochene Rundung ihres Nackens hinweg in den Himmel. Schickte dann ein Lächeln nach. Anstelle einer Antwort drehte sich die junge Frau um, als wollte sie sagen: Wenn es dort was Interessantes zu sehen gibt, will ich es auch sehen. Es gab nichts, außer der Sonne, den Frauen und Männern, die Schlange standen, um ihre Stimme abzugeben, und der Musik einer Blaskapelle irgendwo in der Nähe.

Sie sah wieder ihn an und fragte: »Und?«

Und er: »Ich komme aus einem Dorf in der Nähe von Rom und war bei den Partisanen.«

Sie: »Genau wie mein Papa.«

Er, fast geflüstert: »Ich habe niemanden mehr.«

Sie, die Augen niedergeschlagen: »Hast du Hunger?«

In flottem Tempo steuerten sie auf die Piazza zu, wo nachmittägliches Feiertagsgewimmel herrschte. Sie betraten das Caffè Bottegone und entschieden sich für Sandwichs. Während sie noch kaute, bestellte er zwei Negroni.

Euphorisch und ohne bestimmtes Ziel spazierten sie danach den Fluss entlang, warfen sich schon weniger verstohlene Blicke zu. Ein paarmal liefen sie sogar ein Stück um die Wette, berührten sich wie zufällig an den Händen. Dann erkundigte sich der junge Mann danach, wo sie wohne. Sie blieb stehen und wies die Richtung, aber als er den Kopf drehte, schien er kein wahres Interesse daran zu haben, das Viertel irgendwo im Meer ziegelroter Dächer auf der anderen Flussseite tatsächlich zu identifizieren, stattdessen widmete er sich der Betrachtung des Haars und des Kapillarensystems am Ohr des Mädchens. Als sie es bemerkte, hielt sie mit erhobenem Arm inne, ohne zu wissen, wie sie diesen Blick, diesen Moment nennen sollte, ohne sich vorstellen zu können, was käme, sobald sie ihre Hand wieder bewegen, er seinen Blick senken würde.

Danach legte ihr der junge Mann, vielleicht um die Verlegenheit zu überspielen, aufgeregt seine Anschauungen über das Phänomen der Zeit dar. »Sie verläuft nicht geradlinig«, sagte er, den Blick auf den Fluss gerichtet und lebhaft gestikulierend, »sie bewegt sich aber auch nicht spiralförmig, es ist vielmehr so, als würde jemand Dinge und Ereignisse wie eine Menge Hüte über unseren Köpfen herumkreisen lassen.« – »Ah, du meinst wie früher beim Hutspiel, wenn man …«, merkte das Mädchen an, ohne den Satz beenden zu können. »Genau. Auch der Krieg ist so«, fuhr er fort, »früher oder später kehrt er zurück.« – »Donnerwetter, du hast dir wirklich tiefe Gedanken darüber gemacht«, rief sie und brach in lautes Lachen aus, weil ihr bereits klar war, dass, wenn Weinen unumgänglich war, dieser Junge es für sie übernehmen würde. Die Sonne stand schon tief, die Ziegel der Dächer waren nun goldbraun gefärbt, und der Fluss strömte träge dahin.

Aus solchen Erinnerungen, dazu das deutsche Messer, bestanden ihre alltäglichen Dinge. Der ganze Rest reduzierte sich auf einmal zweimal dreimal Klingeln des schwarzen Bakelittelefons. Sie erhob sich lustlos und griff endlich zum Hörer.

3.

Die Metaphysik der nichtalltäglichen Dinge

Sie

»Hallo? Signora Pacini?«

Es war die Rektorin des Gymnasiums, an dem ihr Mann unterrichtete. Dieser verhalte sich heute Morgen sonderbar, zuerst habe er eine absurde Diskussion mit einem Kollegen losgetreten, dann habe er Pulte und Stühle vor die Tür geschoben und sich so in einem Klassenzimmer verbarrikadiert, um sich schließlich aus dem Fenster zu lehnen und dem Hausmeister lauthals zuzurufen, jemand sei ihm auf den Fersen, verstecke sich in böser Absicht im Korridor und wolle ihm etwas antun, er solle um Himmels willen zu Hilfe eilen, ihn nicht allein lassen.

»Ich weiß nicht, was mit ihm los ist«, sagte Aurora. »Er hat sich schon heute früh merkwürdig benommen.«

»Vielleicht sollte er sich ein wenig ausruhen. Jetzt geht es ihm besser, wir messen gerade den Blutdruck.«

Aurora dankte und legte wieder auf. Sie ging ins Wohnzimmer, blieb vor dem Fenster stehen und fixierte den kahlen Ast des Zürgelbaums, der fast ins Zimmer hineinwuchs – in windigen Nächten hatte man das Gefühl, jemand klopfe mit den Knöcheln gegen die Scheibe. Früher oder später würden sie ihn absägen lassen müssen. Sie schaute sich um und versuchte sich zu erinnern, wieso sie eigentlich in dieses Zimmer gekommen war.

Montags kam sie selbst dann, wenn sie genug geschlafen hatte und klar vor sich sah, was sie erwartete, in ihrem übergroßen, mit schwarzer Spitze besetzten Baumwollmorgenrock nur schleppend in die Gänge. Sie musste eine Stunde später als Modesto los. Ihre Schule war zwei Häuserblocks entfernt: fünf Minuten zu Fuß.

Sie kehrte ins Schlafzimmer zurück. Zog die verspiegelte Schranktür heran und wickelte ihr zerzaustes Haar beiläufig zu einem Knoten, als hätte sie im Vorbeigehen rasch einen Blick auf sich geworfen. Dann zog sie sich an.

Im Flur kam sie am Wandbord mit dem Messer, dem Telefon und einem Foto vorbei. Sie schlüpfte in den Mantel und drückte von außen noch kurz gegen die Tür, um sich zu vergewissern, dass sie ins Schloss gefallen war.

Dann trabte sie los, zügiger, als sie es später ihrem Mann schildern würde, und traf in unbestimmter Reihenfolge an: eine Katze, die an einem Gully herumschnüffelte, den Barista, der sie durch die Glasscheibe grüßte, eine Straßenbahn, die um die Ecke bog und ihr gerade genügend Zeit ließ zu entscheiden, ob sie sich davorwerfen oder vernünftigerweise doch die Durchfahrt abwarten und unterdessen vielleicht die Schlagzeilen der Zeitungen vor dem Tabakladen lesen sollte. Sie tat weder das eine noch das andere, taumelte vielmehr, auf einmal von einem solchen Unwohlsein befallen, dass sie sich kaum mehr auf den Beinen halten konnte, zur nächsten Hauswand, ließ sich mit dem Rücken dagegensinken und schloss die Augen. Der Haarknoten wurde auf dem rauen, gelblichen Verputz platt gedrückt, die losen Strähnen an ihren Schläfen vom Wind zerzaust.

Später, als sie und Modesto wie jeden Montag vor dem Betreten des Kinos geröstete Kastanien knabberten, beschrieb sie den Vorfall so:

»Ich habe die Augen zugemacht und plötzlich Bilder aus meiner Kindheit gesehen, in einer eigenartigen Distanz, weder nah noch fern.«

»Hmm«, sagte er.

Sie sah ihren Mann an. »Du weißt doch, was ein Stereoskop ist?«

Er stierte vor sich auf die Straße. »Im Moment weiß ich gar nichts.«

»Ach, wenn du nicht gut drauf bist«, fuhr sie ihn an, »kann man sich das Reden auch sparen.«

Er wurde noch nachdenklicher. »Stereoskop hast du gesagt…«

Offenbar hatte Aurora drei Bilder gesehen: ein Schaufenster mit wundersamen Geschenkartikeln in Forte dei Marmi, wo sie mit ihrer Familie einmal den Sommer verbracht hatte; ihre Mutter mit rotem Samthut, wie sie ihr Handtäschchen öffnet und sich mit dem Ringfinger die Augenbrauen glatt streicht; das Auf und Ab eines auf sie zukommenden Rössleins, das sich um die glänzende Metallachse eines Karussells dreht.

Danach hatte sie langsam die Augen geöffnet. Ein Mann im Regenmantel beugte sich über sie. Sie sah ihn wie durch ein umgedrehtes Fernglas, verkleinert,

Lichtjahre entfernt. »Ist Ihnen nicht gut?«, fragte er. Ein paar Passanten hielten auf ihrer Höhe kurz inne, beobachteten die Szene, gingen weiter. »Es ist nichts, nichts«, sagte sie verwirrt und stand erhitzt auf.

Wieder kam eine Straßenbahn um die Ecke. Ohne auf den Mann im Regenmantel oder die Ampel zu achten, überquerte Aurora die Straße. Dann folgte sie dem Boulevard bis zu einem kleinen Platz, trat vor ein Gebäude und ließ sich mit dem ganzen Körper gegen das Portal der Schule fallen.

Bevor sie es weit aufstieß, bevor sie abwesend die Hausmeisterin grüßte, den Kopf senkte, weil sie am Ende des Korridors den Rektor erblickte, hatte sie das Gefühl, sie hätte sich so weit von sich selbst entfernt, dass sie den Rückweg nicht mehr wiederfinden würde. Sie verschwieg ihrem Mann, dass ihr nach einigem Überlegen klar geworden war, für zwei gedacht zu haben, die doppelte Menge an Sauerstoff eingeatmet, die Dinge aus mehreren Winkeln betrachtet zu haben, und es hätte sie einen großen Umweg gekostet, wieder zu einer einzigen Person zu werden, die auch gar nicht unbedingt die gleiche gewesen wäre wie zuvor.

Vor der geschlossenen Tür des Klassenzimmers blieb sie stehen, atmete tief ein und löste mit einer raschen Handbewegung den Knoten (das Haar fiel in einem Schwung auf die Schultern herab, wirkte viel schwerer, als es eigentlich war). Dann kramte sie in der Tasche, griff nach einem zylinderförmigen silbernen Gegenstand, drehte sich um und machte zwei Schritte zum Fenster.

Den Blick auf ihr im Glas gespiegeltes, vom Bild des kleinen Parks dahinter überlagertes Gesicht gerichtet, ging sie mit dem Kopf immer näher, bis sie die Oberfläche fast berührte, und in dieser Position trug sie, nach vielen Jahren wieder einmal, reglos und konzentriert Lippenstift auf.

Er

Um sich einen Weg ins Herz seiner Kollegen zu bahnen, versuchte er es manchmal mit einem Witz. Meist stieß er dabei gegen Mauern des Schweigens oder im besten Fall auf die angelehnte Pforte eines Lächelns, unklar, ob zufällig geschehen oder aus christlicher Nächstenliebe. Wenn doch einmal jemand lachen musste, dann weniger über den Witz als über ihn, Modesto. Und ihm war völlig klar, dass er sich nirgendwohin einen Weg gebahnt hatte. Zwar ließ das Lächeln die Pforte aufgehen, erlaubte ihm sogar, sich dem Haus zu nähern, doch die Tür blieb versperrt, und das Fenster in der Fassade warf nur das ihm schon bekannte Bild von sich selbst mit dem tristen Tag im Hintergrund zurück.

Unter der glänzenden Weltkarte, die im Lehrerzimmer fast die ganze Wand bedeckte, versuchte er es an diesem Morgen auf einem anderen Weg. Sein Kopf war eine Enklave in der Tasmanischen See, jener des Mathematiklehrers versteckte einen Teil der Sandwichinseln.

Modesto sah zuerst zu seinem Kollegen, Beine übergeschlagen, ein halbes Lächeln (in der anderen Mundhälfte steckte eine Zigarette), dann hob er den Blick auf Indien, auf das dominante Blau der Meere und Ozeane, und sagte: »Mir will einfach nicht mehr einfallen, wo es dieses Sprichwort gibt, das besagt, Indien sei größer als die ganze Welt.«

»Tja, was soll ich sagen?«, bemerkte der Kollege und

rückte auf dem Stuhl weiter nach vorne. Die Spitze seiner Zigarette tangierte die Bouvetinsel (darunter in Klammern der Hinweis Norwegen). »Arme Ignoranten sind das.«

»Finde ich nicht.«

»Natürlich sind sie das.«

»Oder bist am Ende du«, Modesto legte eine Pause ein, »ein armer Ignorant?«

Der Kollege legte die Zigarette in einer Rille des Aschenbechers ab, krempelte die Hemdsärmel hoch und klatschte Beifall. Dann sagte er übertrieben deutlich: »Wie geist-reich.«

»Danke«, lächelte Modesto.

»Noch viel geistreicher bist du aber, wenn du Witze erzählst.«

»Dabei hast du noch nie gelacht.«

Der Kollege breitete die Arme aus, brachte mit der rechten Hand wie ein Magier die Falklandinseln zum Verschwinden. »Wie auch, wenn sie nicht lustig sind…«

»Möchtest du einen hören?«. Modesto zwinkerte ihm zu.

»Ich höre.«

»Er handelt von einem Mathematiklehrer, der… öh… gar nicht mehr zählen kann, wie viele Hörner ihm seine Frau aufgesetzt hat.«

Eine Sekunde lang war es still.

»Weißt du, was ich dir sage?« Der Kollege streckte sich in die Höhe und ragte nun vor dem Südatlantik empor.

»Ich bin ganz Ohr«, sagte Modesto in der Aussparung der Großen Australischen Bucht.

Der andere schaute sich angespannt um und setzte gerade zu einer Antwort an, als die Glocke ertönte, gefolgt von den Schritten und dem Geplauder einiger Kollegen, die fast schon bei der Tür waren.

»Ich sage es dir ein andermal.«

»Mein Schicksal in Ihro Ehrwürden Hand!« Modesto sah auf die Uhr und stand auf. »Ich muss zum Unterricht. Bis später.«

Während er durch den Korridor ging, stellte er sich belustigt das Gesicht vor, das sein Kollege gemacht haben musste, als er diesen Satz ausgesprochen hatte und rausgegangen war.

Später, auf dem Weg ins Kino, würde er Aurora davon berichten: »Willst du was Lustiges hören?« Noch vor dem Erzählen würde er lachen, während sie stumm bleiben und die Leuchtreklamen betrachten würde. »Ich habe es endlich geschafft: Seit Jahren schon wollte ich jemandem mit dem Satz ›Mein Schicksal in Ihro Ehrwürden Hand!‹ eine Lektion erteilen.« Aurora würde mit abwesendem Blick nachsagen: »Mein Schicksal in Ihro Ehrwürden Hand, mein Schicksal in Ihro Ehrwürden Hand.« Beim Überqueren der Straße würde eine Limousine an ihnen vorbeirasen. »Aurora, hörst du mir eigentlich zu?«

Das Klassenzimmer betrat er jedoch voller Panik. Vielleicht rührte es vom Blutdruck her, wie öfter schon, oder es steckte immer noch dieser Brief, die Beleidigung dahinter, die ihm, sobald er die Tür des Klassenzimmers siegreich aufgestoßen hatte, auf der Schwelle aufgelauert war und ihm rasch die Illusion geraubt hatte, jedes Wort gelte gleich viel, eine dürftige Revanche vermöge eine große Niederlage wegzufegen. Diesbezüglich würde er Aurora gegenüber kein Wort verlieren.

Er setzte sich ans Lehrerpult und hob den Blick. Sein Gesicht war im Dreiviertelprofil dem Fenster zugewandt, als ein Kügelchen aus eingespeicheltem Papier an seiner Wange kleben blieb.

»Leopardenmusterförmig brach Gelächter aus«, würde er Aurora erzählen. »Ich konnte mich nicht beherrschen, sprang auf wie eine Furie, drauf und dran, mich auf sie zu stürzen und sie reihum windelweich zu schlagen.« – »Oh«, würde sie endlich kommentieren. »Genau so ist es gewesen. Und alle haben mich entgeistert angeguckt.«

Es war nicht genau so gelaufen, zwar sprang er tatsächlich auf, um etwas Unerhörtes, nie Gewagtes zu tun, übersah dabei aber die Stufe vor dem Lehrerpult und fiel auf ziemlich halsbrecherische Weise vornüber, wie jemand, der gerade ins Wasser springen will, es sich im letzten Moment aber doch anders überlegt (die Zirbeldrüse gerät ins Stottern, weil der Geist einen Entschluss zu spät gefasst hat, um den Körper noch benachrichtigen zu können, der seinerseits schon die Ausführung der angewiesenen Bewegung veranlasst hat, den neuen Befehl von oben jedoch weder ignorieren noch so tun kann, als wäre er nicht schon in das Versprechen jener ersten Bewegung verstrickt. So kommt es zwangsläufig zu einem Gliederverrenken, einem Vorwärtsstreben des Körpers, mit den Armen als Vorhut, während der Kopf fluchtbereit auf Flankenhöhe bleibt und die Flanke das ganze Risiko auf sich nimmt und unerhört laut auf die Fliesen kracht).

Immerhin sah der Lehrer sich in der Lage, wieder aufzustehen, Hose und Jacke abzuklopfen und zu sagen: »Schön, wir haben Spaß gehabt. Widmen wir uns nun dem Unterricht.« Er befühlte die Vorderzähne. Zwei davon waren aus Keramik, und er hatte immer Angst, sie zu verlieren.

Ihm war schwindlig, während er die Frühe Neuzeit, die Vorboten der Aufklärung, darzulegen versuchte. Er redete über Galilei und seinen unmöglichen Charakter. Dann wollte er die historischen Auffassungen bezüglich der Position von Erde und Sonne rekapitulieren und nuschelte: »Der Mattelponkt des Oniversums war für Ptalemäus die Erde.«

Er begriff, dass etwas nicht stimmte und dass es nicht unbedingt mit dem unrühmlichen Sturz zusammenhing. »Ontschuldigt«, sagte er mit dünner Stimme und setzte sich hin.

Raunen. Eines der Mädchen aus der ersten Reihe, mit rosigem, nur von einem pickeligen Dreieck zwischen den Augenbrauen unterbrochenem Teint und schon ausgeprägten Brustwölbungen (von Letzteren hatte Modesto sogar schon einmal geträumt: Wie er sie etwas phlegmatisch anfasste, mit beiden Händen kreisförmig massierte), stand auf und fragte mit einem schiefen Lächeln: »Ist Ihnen nicht gut?« Da stand auch er auf und sagte: »Danke, ellas in Ordnung. Ich warde versachen, an die Tefel zu schreiben.« Das Mädchen setzte sich wieder.

Hektisch malte er, das schiefergraue Rechteck hoch überragend, Buchstabe um Buchstabe an die Tafel. Als er fertig zu sein meinte, trat er einen Schritt zurück und besah sein Werk mit dem Blick eines Malers, den Kopf leicht geneigt. Die Schüler besahen es wie Galeristen oder Kunstkritiker, reckten die Hälse, kniffen die Augen zusammen, lasen:

1. Aristorch. Helikozentische Theorie.
2. Teozentrische Theorie. Ptalemäus.
3. Theliozentrische. Koparnikus. Kepler. Galalei.

Einen Moment lang herrschte große Heiterkeit, als hätte jemand ein Gemälde mit dem Titel »Weite Meerlandschaft« angekündigt und stünden die Leute nun vor einem auf marmormierten Untergrund gepinselten Fischlein mit weit aufgerissenen Augen.

Modesto verharrte an Ort und Stelle, ohne den Blick von der Tafel abzuwenden. Schließlich besann er sich, tappte, am Rand des Lehrerpults Halt suchend, vorwärts und verließ den Raum.

4.

Vier Typen ziemlich unsympathischer Männer

Der Hausmeister beziehungsweise jener Typus, dem man tagtäglich auf der Arbeit begegnet

Im Nachhinein betrachtet, hätte er jede Unterhaltung, die er geführt hatte, seit er reden konnte, umschreiben wollen. Er beneidete Männer, die immer eine Antwort oder einen Kalauer parat hatten, im rechten Moment brillierten und sich nicht hinterher das Gehirn über Fragen linguistisch-beziehungstechnischer Natur zermarterten. Fast alle Wortwechsel seines Lebens hätte er geändert, und es war unglaublich, wie wenig ihm dieses Bewusstsein auch bei jenem nützte, der fünf Minuten später folgte.

Der Hausmeister: »Signor Pacini, was soll ich tun, die Tür aufbrechen?«

Er: »Signor Screma, bleiben Sie um Himmels willen, wo Sie sind.« (Da seine innere Grammatik, wohl wie die anderer Leute, keine Höflichkeitsform vorsah, wollte er eigentlich sagen: »Screma oder wie du noch mal heißt, du bist genauso dumm, wie dein Name hässlich ist.«)

Der Hausmeister: »Signor Pacini, es ist niemand da. Sie können rauskommen, wenn Sie möchten.«

Er: »Signor Screma, das glaube ich Ihnen, vielen Dank. Lassen Sie mich einen Augenblick in Frieden?« (Er hätte sagen wollen: »Screma, hau schon ab.«)

Der Hausmeister: »Vielleicht fühlen Sie sich nicht gut, Signor Pacini?«

Er: »Signor Screma, ich fühle mich bestens.«

Der Hausmeister: »Hier ist niemand. Sie können rauskommen, wenn Sie möchten.«

Er: »Signor Screma, zwingen Sie mich bitte nicht, mich zu wiederholen …«

Der Hausmeister (zu jemandem neben ihm, leiser): »Haben Sie gehört? Ich habe es Ihnen gesagt. Es geht ihm überhaupt nicht gut.«

Der Nachbar mit Hund

Als er überstürzt nach Hause zurückkehrte, schnappte auf dem Treppenabsatz vor der Wohnungstür ein Möpschen nach seinem Hosenaufschlag und wollte nicht mehr loslassen.

»Ben!«, ertönte es von oben. »Komm her.«

Ein schmächtiger Mann mit gebeugtem Rücken und lebhaften Äuglein kam, auf einen Stock gestützt, die Treppe herunter.

»Ein richtiger Schelm, der kleine Ben«, sagte Modesto, ohne damit aufzuhören, sein Bein zu schütteln. (Er hätte »Was für ein hässlicher, einfältiger Köter, dein Ben« sagen und ihm einen Tritt irgendwo auf halber Strecke zwischen Spaß und Pädagogik verpassen wollen.)

»Verzeihung«, sagte der Mann, sobald er den Treppenabsatz erreicht hatte. »Wir sind zwei an Einsamkeit gewöhnte Wesen und haben vergessen, wie man sich anderen gegenüber verhält.«

Er war einst für Mussolinis Geheimpolizei OVRA als Informant tätig gewesen und schon als Zwanzigjähriger mit diesem Stock herumgelaufen, der in Wirklichkeit ein verkappter Stoßdegen war, Gerüchten zufolge hatte er mit der scharfen, schmalen Dreikantklinge mehr als nur ein Auge ausgestochen.

»Uns bleibt nur noch«, fuhr der Mann fort, »im Rivoire in einer Ecke mit Blick auf die Piazza von allen unbehelligt *La Nazione* zu lesen.«

»Stimmt, die nennt sich jetzt wieder *La Nazione*«, bemerkte Modesto und konnte sich endlich von Bens Schnauze befreien.

Er zog die Schlüssel aus der Tasche und sagte, bevor der Mann mit dem Stock dem Hund weiter treppab folgte:

»Eine kleine Frage nur, was haben Sie in der Zeit gemacht, als«, er räusperte sich, »*La Nazione* eingestellt war?« (Sieh an, diesmal war es ihm gelungen, das zu sagen, was er sagen wollte.)

Der Mann drehte den Oberkörper, schaute ihn an, hob den Arm und richtete triumphierend den Stock auf seine Brust, als wollte er mit dem Finger auf ihn zeigen: »Der da!«. Er verharrte eine Sekunde in dieser Position, sagte dann: »Und Sie, Signor Pacini? Was haben Sie damals gemacht?«

»Dieser Mensch bringt Unheil und bewahrt zu Hause ein Glas mit den Augen aller Kommunisten auf, die er umgebracht hat«, hatte Aurora einmal gesagt. »Der Barista von gegenüber hat es mir erzählt.« Sie war ihm und seinem Hund ein paar Tage zuvor abends auf dem dunklen Treppenabsatz begegnet und vor allem über das metallische Klacken des Stocks auf dem Steinfußboden erschrocken. Modesto hatte gelächelt. »Vielleicht, weil er nie in seine Bar kommt. Er geht lieber in die auf der Piazza.« Aurora war nachdenklich geworden. »Meinst du?«

Im Begriff, aufzuschließen, der Schlüssel steckte schon, hielt Modesto vor der Tür inne, verlagerte nur das Gewicht vom einen Bein aufs andere, weil die Seite, auf die er gestürzt war, langsam zu schmerzen anfing. In diesem Augenblick drang vom Erdgeschoss her das schwache Bellen des Mopses zu ihnen. Der Mann senkte den Stock, wandte sich von seinem Nachbarn ab und setzte ohne Abschiedsgruß seinen Weg treppabwärts fort.

Ein Abwesender, der immer dazwischenfunkt

Modesto ging schnurstracks ins Arbeitszimmer, stieß unterwegs gegen das Wandbord, das deutsche Messer bewegte sich.

Vor dem Schreibtisch aus Nussbaumfurnier blieb er stehen, zog eine der Schubladen heraus und wühlte in den Papieren. Nahm den *Kleinen Lavater* zur Hand, in den er den anonymen Brief gesteckt hatte. Holte diesen hervor, behielt ihn eine Weile in der Hand. Faltete ihn dann, einmal, zweimal, und riss ihn mit nervösen Bewegungen in kleine Stücke. Machte das Fenster auf und warf alles in Richtung Zürgelbaum. Ein Kind blickte von seinem Dreirad auf und schaute mit offenem Mund zu, wie die Konfettis in alle Richtungen segelten.

Er setzte sich, schaute sich um, zog dann mit einem Ruck die ganze Schublade heraus und legte sie sich auf die Knie. Zuhinterst stand ein kleines, durchsichtiges Gefäß. Er nahm es und hielt es ans Fenster: ein in Formalin eingelegter Fötus. Höchstens zehn Zentimeter lang, mit einem übergroßen Schädelchen, das über einen gallertartigen, an eine Hautblase erinnernden Bauch gebeugt war, dazu fadenförmige Gliedmaßen, wie Käfer sie haben, nur ein bisschen dicker und von heller Farbe. Er legte das Ding in die Schublade zurück und schob sie wieder zu.

Danach ging er in die Küche und trank einen Schluck Wasser aus dem Hahn. In der Anrichte fand er ein halbes Ringbrot, das er in zwei Stücke brach: Das eine aß er sofort, das andere steckte er sich in die Tasche. Er putzte die Zähne, strich sich ein wenig Brillantine ins Haar. Ging zum Wandbord und wählte eine Nummer.

»Ich bin's, klar doch, wer sonst?«

Den Hörer zwischen der hochgezogenen Schulter und dem Ohr eingeklemmt, nahm er das Messer zur Hand, das er unzählige Male gesehen hatte und an dem er ebenso oft seinen Blick hatte abprallen lassen, um ihn unverzüglich auf etwas anderes zu lenken.

»Nichts. Warum?«

Es war ein exklusives Fallschirmjägermesser der deutschen Luftwaffe. Der Holzgriff war mehrfach eingekerbt. Er zählte die Linien: elf.

»Logisch ist sie nicht zu Hause.«

Der Hörer rutschte zwischen Ohr und Schulter hervor, schlug, während das Kabel eine Schlangenbewegung machte, gegen einen Silberrahmen, der zu Boden fiel und eine Fotografie freigab.

»Mist. Moment mal.«

Er bückte sich und hob das Foto auf: Fünf junge

Bartträger lächelten in die Kamera, alle einen Arm auf die Schulter des Nebenmanns gelegt, im anderen hatten sie das Gewehr. Der Älteste, in der Mitte, mit schief sitzender Mütze und einem strahlend weißen Lächeln, trug eine Lederjacke und war der Einzige, der seinen Gewehrlauf nach unten hielt.

»Doch, doch, ich höre dir zu.«

Er drehte die Fotografie um. Auf der Rückseite stand in schräger, hastiger Schrift: *Auch ein einziger eroberter Hügel ist ein der Barbarei entzogenes Stück Geschichte. Papa.*

»Du gehst mir auf die Nerven, wenn du so redest.«

Darunter hatte eine andere Hand mehr hingekritzelt als geschrieben: *Und für mich ist der Hügel, den du besteigst, ein Berg. Aurora.* Der Anfangsbuchstabe des Namens sah wirklich aus wie ein kleiner Berg, allerdings ein krummer, der zu kippen drohte, während das abschließende A eine höchst respektable Anhöhe darstellte, fest und stabil. Auf den ersten Blick hätte man glauben können, diese beiden Buchstaben wären von zwei verschiedenen Personen geschrieben worden. Er schob das Foto in den Rahmen zurück.

»Gut, bis gleich.«

Als er aufgelegt hatte, betrachtete er sich im Spiegel, neigte den Kopf zuerst nach rechts, dann nach links, um das Haar zu prüfen, lächelte dann und betastete die Vorderzähne. Schließlich drehte er sich um, zog den Regenmantel an und verließ die Wohnung.

Der Unbekannte, der eine Affäre mit deiner Frau hat

Im gleichen Moment, in dem Modesto aus dem Haus trat, stand Aurora in der Bar gegenüber in der Telefonkabine, steckte unter nervösem Klimpern Jetons in den Schlitz, um jemanden anzurufen.

»Hallo. Luciano, hörst du mich?«

»Ah, du bist es.«

»Natürlich, wer denn sonst?«

»Von wo rufst du an?«

»Ich bin schwanger.«

»Ah.«

»Ich bin mir ganz sicher.«

»Schwanger.«

»Genau.«

»Wer von beiden?«

»Einer von beiden.«

»Herzlichen Dank.«

»Du vielleicht.«

»Ich vielleicht.«

»Sehen wir uns heute?«

»Gut.«

Aurora verließ die Kabine, hörte die Tür hinter sich zufallen. Ging zum Tresen, wo der Barista ihr zuzwinkerte und fragte: »Sie wünschen?«

Sie antwortete: »Grappa, bitte.«

5.

Andere sonderbare Männer

Auf dem schmalen Trottoir sah Modesto zum zweiten Mal an diesem Tag den Nachbarn, der ihm mit Stock und Mops an der Leine entgegenkam.

Schulter an Schulter blieben die beiden Männer stehen, wie im Theater, wenn ein Schauspieler abgeht und gleichzeitig ein anderer die Bühne betritt und beide mit ihren Blicken die Wirkung des Konkurrenten taxieren und sich Gedanken über die Dummheit des Impresarios oder des Publikums machen, die diesen Wechsel auch noch gutheißen. Sie wären noch länger so dagestanden, hätte nicht ein Hupen sie aufgeschreckt und gezwungen, ihren Weg fortzusetzen – der Alte langsam, vom Rhythmus des Stocks begleitet, der Mann im Regenmantel hastig und fast hüpfend.

Die Straßenzüge wirkten grau im spärlichen Licht, die unterschiedlich hohen Gebäude waren fahl geworden, und beim Anblick der Arkaden und Hauseingänge musste Modesto an ein von Menschen durchströmtes Rohrsystem denken.

Als er zu einer Piazza kam, sauste ein Fahrrad vorbei, auf dem eine junge Frau mit rotem Haar und einem leichten, grünen Mantel saß, der unter dem runden Gesäß in Falten lag. Er blickte ihr nach: Wie sie in eine von gelblichen Rasenstücken und ein paar Bänken getupfte Allee abbog, und als sie klingelnd um die Ecke verschwand, hatte Modesto das unbestimmte Gefühl, beobachtet zu werden. Er drehte sich abrupt um, suchte die Umgebung ab, konnte aber niemanden entdecken.

So lief er weiter, an ein paar Baustellen vorbei, wo die Rufe von Arbeitern, der Lärm quietschender Flaschenzüge und aufschlagender Eimer widerhallten. Dann quer über eine stark befahrene Straße, die rund um eine Art erhöhte Bauminsel voller Skulpturen aus weißem Stein führte. Ein Automobilist streckte seinen kahlen Kopf zum Fenster heraus und raunzte ihn an.

Modesto erreichte den Eingang dieses abgeschiedenen Areals, das in Wirklichkeit ein Friedhof war. Wenn er sich vor dem Aufstoßen des Tors nicht noch einmal umsah, lag das nicht etwa daran, dass sich sein Eindruck, beobachtet zu werden, inzwischen gelegt hätte, er war im Gegenteil zur Gewissheit geworden, sodass es sich gar nicht mehr lohnte, überhaupt darauf zu achten.

Unter dem düsteren Himmel schimmerten die Figuren auf den Gräbern blass silbrig, wie eine Schar an Land katapultierter, dank einer klimatischen Besonderheit fast unversehrt gebliebener toter Fische, mit offenen Kiemen und starrem Blick. Er war zum zweiten Mal hier. Beim ersten Mal, kurz nach Kriegsende, hatte die Märzsonne auf Löcher im Gelände, zerbrochene Marmorplatten und mehrere umgestürzte Bäume herabgeschienen, aber aus Spalten neben den Grabsteinen sprossen wie zum Trotz violette Blumen.

Nach ein paar Schritten auf dem Kiesweg, an dessen

Ende eine Säule prangte, setzte er sich auf das erstbeste flache Grab. Er streckte die Beine, fasste die Schöße des Regenmantels und legte sie übereinander auf die Knie, schaute sich dann um. Vor ihm, auf der anderen Seite des Streifens aus Kies, ragte über ein paar Grabsteinen eine Zypresse in die Höhe. Zwei Blätter einer Zeitung hatten sich in ihren Zweigen verfangen.

Er knöpfte den Regenmantel auf, kramte in der Tasche des Jacketts und nahm das Stück Brot heraus, das er zu Hause eingesteckt hatte. Verschlang es in so großen Bissen, dass er davon Schluckauf bekam. Als der nachzulassen schien, hörte er, eine Hand auf das Brustbein gepresst, hinter sich ein Rascheln.

Er drehte sich langsam um – am Gaumen klebte ihm noch Brot – und sah einen alten Mann, der hinter einer Skulptur, einem Skelett mit Kapuze und Augenbinde, hervorkam und sich gerade die Hose zuknöpfte.

Während der Alte sich näherte, fiel Modesto sofort auf, dass ihm eine Hand fehlte und dort stattdessen eine Blechtasse befestigt war – der Henkel schaute wie ein zugeklapptes Messer unter der schmutzigen Manschette hervor.

Modesto sprang auf. Der alte Mann, tiefe Augenhöhlen und gelber Schnurrbart, blieb ganz in der Manier eines Hausherrn ein paar Schritte vor ihm stehen und fuchtelte wortlos mit dem verstümmelten Arm herum, um auf etwas jenseits des Friedhofs zu deuten, irgendwo weit weg.

Modesto machte einen Satz auf ihn zu und schrie: »Warum stellst du mir nach?«

Der Alte wich erschrocken zurück, suchte nach einer Stütze, einem Gegenstand, sah einen roh bearbeiteten Ast an einem Grab lehnen, machte wegen des verstümmelten Arms eine halbe Drehung, um danach greifen zu können. Fuchtelte damit durch die Luft und wies dem vor ihm stehenden Eindringling den Weg zum Ausgang des Friedhofs.

Eine graue Krähe flatterte über ihre Köpfe und setzte sich unweit der Zeitung auf die Zypresse.

Modesto lief zum Tor, gefolgt vom alten Mann, der ihm in einer fremden Sprache etwas hinterherschrie. Auf der Schwelle blieb er einen Augenblick stehen, drehte sich um und sah, dass der Alte noch nicht einmal die halbe Strecke zurückgelegt hatte: Er hielt den Ast umklammert, während die andere Hand, die verstümmelte, hinunterbaumelte, und kam nur mühevoll vorwärts, da er Kiesel, Blätter, Dreck mitschleppte. Modesto musste lachen, hinter ihm rasten Autos vorbei, und beinahe hätte er einen Stein aufgehoben, um ihn in Richtung seines Verfolgers zu werfen, einfach so, zum Spaß, wie auf einen Hund, aber dann ließ er es doch sein. Stattdessen hob er zum Abschied den Arm und überquerte die Straße im Laufschritt.

Er kam an einer Synagoge vorbei, deren Kuppel Grünspan in den weißen Himmel zu schleudern schien. Jahre zuvor hatte er die Synagoge, erinnerte er sich, im Zustand der Verwüstung gesehen: Peitschender Wind hatte Schnee hereingetragen und an den verkohlten Holzsitzen gerüttelt, und obwohl der Krieg vorbei war, hallte unaufhörlich der Lärm berstender Materialien nach, als hätte die Wirkung jede Verbindung mit der Ursache verloren.

Pfeifend, die Hände in die Taschen gesteckt, kam er in die Florentiner Viertel, die so zeitlos waren, dass ihnen das Alter kaum anzusehen war und sie wie soeben entstanden gewirkt hätten, wären da nicht die

Quader und Zinnenkränze einiger Palazzi gewesen, die herausstachen wie Signaturen unter einem zu oft umgeschriebenen, durch den Gebrauch so verblassten Dokument, dass man es auch für ein weißes Blatt hätte halten können.

Unter einem Arkadenbogen, nach einem Schaufenster, blieb er unvermittelt stehen. Machte ein paar Schritte zurück, studierte die ausgestellte Ware, blickte sich um und trat ein.

Der Verkäufer teilte ihm mit, die Stiefel seien aus Ziegenleder, und fing an, sie zu beschreiben, als würde Modesto nicht selbst sehen, dass sie einen hohen Schaft, eine seitliche Knopfleiste, dicke Sohlen hatten.

»Ich nehme sie«, sagte er, und es klang eher wie ein Befehl, wofür auch der Umstand sprach, dass der Verkäufer gleich auf der Galerie des Ladens verschwand und sich eine ganze Weile nicht mehr blicken ließ.

Als er wieder herunterkam, die Arme auf Brusthöhe erhoben, die Hände gekrümmt, leer, auch wenn es den Anschein hatte, als würde er etwas Quadratisches tragen, entschuldigte er sich, die gewünschte Größe sei ausverkauft, beziehungsweise sei nur noch das Schaufensterexemplar verfügbar. Modesto atmete laut aus, sagte dann, das gehe auch. Der Verkäufer beugte sich über die Auslage und griff mit einer langen Zange nach dem Stiefel. Behielt ihn in der Hand, um ihn abzuklopfen, und streckte ihn dann Modesto hin, bevor er von Neuem auf der Galerie verschwand.

Dann tauchte er wieder auf, und diesmal sah es aus, als trüge er etwas Größeres – die Ellbogen standen weiter von den Rippen ab, die Finger waren gespreizt.

»Es tut uns schrecklich leid«, seufzte er, »aber aus irgendeinem Grund ist der Zweite unauffindbar.«

»Wie meinen Sie das?«

»Das kann ich Ihnen nicht sagen.«

»Und was soll ich mit einem einzelnen Stiefel?«

»Schauen Sie, man könnte ihn mit einem größeren ergänzen.« Er lächelte, wurde rot und brachte einen zweiten Stiefel. »Den können Sie auspolstern, man wird den Unterschied kaum bemerken.«

»Gut«, sagte Modesto. »Ich probiere sie an.«

Er setzte sich auf einen Hocker, schlug die Beine übereinander und zog die Schuhe aus. Während er den ersten Stiefel überstreifte, den in der passenden Größe, sagte er: »Wissen Sie, mir sind die beiden kleinen Zehen erfroren.«

»Wie das?«, fragte der Verkäufer, die Hände über der Brust gefaltet, jede Bewegung des Kunden aufmerksam verfolgend.

Modesto erhob sich und stampfte mehrmals auf.

»Erst Nummer eins, dann Nummer zwei.«

»Bitte, Nummer zwei.« Der Verkäufer streckte ihm den zweiten Stiefel hin.

»Ich meinte die kleinen Zehen.« Er setzte sich wieder hin. »Zuerst Nummer eins, dann Nummer zwei.«

»Probieren Sie mal den Zweiten an.«

»Im Abstand weniger Tage.«

»Hier können Sie etwas Watte hineinstopfen.« Der Verkäufer beugte sich vor und tippte die Spitze an.

Modesto erhob sich wieder. »Und das, obwohl ich sie beide immer genau gleich eingebunden habe.«

»Oh, Sie brauchen sie doch nicht einzubinden.«

»Natürlich nicht.« Modesto sah auf seine Füße hinunter.

Der Verkäufer klatschte in die Hände. »Die passen ja wie angegossen!«

Beim Verlassen des Ladens hatte Modesto den Eindruck, jemand, der ihn an der Ecke abpassen wollte, würde sich durch eine Seitenstraße aus dem Staub machen. Er setzte seinen Weg trotzdem fort, warf ein paar Bögen weiter seine in Seidenpapier gewickelten alten Schuhe in eine Mülltonne. Schaute sich um, erblickte ein Fotostudio und blieb stehen. Zögerte kurz, trat dann ein.

Er erkundigte sich nach den Preisen, nahm dann auf einem fransenbewehrten Damastsessel Platz, um sich fotografieren zu lassen, die Beine übergeschlagen, die Stiefel neu, ohne dass man ihnen irgendwie angesehen hätte, dass einer größer war. Der Fotograf, ein alter, etwas tauber Herr, musste dreimal nachfragen, bis er verstand, dass der Kunde »mehr Inszenierung« wünschte. Daraufhin holte er aus der Abstellkammer eine Stoffpuppe, die sonst bei kleinen Mädchen zum Einsatz kam, sowie eine lädierte Reisestaffelei. So würde auf dem Foto neben den Stiefeln auch die Staffelei zu sehen sein, und krumm daraufgesetzt anstelle eines Gemäldes die Puppe.

Als Modesto ihm nach dem Bezahlen die Adresse gab, an die er die Fotografie schicken sollte, fragte der Mann unvermittelt:

»Woher kommen Sie?«

In der einen Hand hielt er das Geld, in der anderen die Puppe, um sie in die Abstellkammer zurückzubringen.

»Sie scheinen mir nicht von hier zu sein.«

Modesto ging zur Tür. »Auf Wiedersehen«, sagte er und packte die Türklinke.

»Wie bitte?«, fragte der Fotograf.

Dann kehrte Modesto plötzlich wieder um: »Wie viel wollen Sie für die Staffelei?«

Er verließ das Fotostudio mit einem Holzkasten unter dem Arm. In der Nähe musste es auch einen Laden geben, in dem man Leinwand, Farben und Pinsel kaufen konnte.

Draußen gingen die Straßenlaternen an, mehrere gelangweilt blickende Paare liefen unter ihnen durch, ohne dass sie es gemerkt hätten.

6.

Der Journalist

Luciano trat zum Servierwagen aus Chromstahl und Glas.

»Cognac?«

»Lieber Wein, bitte«, sagte Aurora, die, ihm den Rücken zugewandt, neben dem Grammofon einen Stapel Schallplatten durchsah.

Der Mann hielt ihr lächelnd das Glas hin. »So, jetzt erklär mir diese Geschichte mal.«

»Moment«, sagte sie und legte eine Jazzplatte auf.

Er blieb hinter ihr stehen, die Hand mit dem Glas immer noch ausgestreckt. »Du bist ein bisschen zu alt, um Pariser Existenzialistin zu spielen, findest du nicht?«

Aurora riss den Tonarm wieder hoch und drehte sich um. Die Schallplatte drehte eine Weile im Leeren. Der Klang der Anfangstöne hing immer noch in der Luft.

»Wie meinst du das?«

»War nur ein Scherz.« Der Mann stellte den Wein auf den Plattenstapel und ging zum Kanapee.

Sie blieb neben dem Grammofon stehen, nahm das Glas, trank einen Schluck, führte es dann auf Augenhöhe, weil sie gern zusah, wie sich am Glas gewölbte, blassrote Adern bildeten, die langsam abwärtsglitten.

»Ich möchte nicht unhöflich sein«, sagte sie, ohne den Blick zu heben, »aber manchmal bist du einfach unausstehlich.«

Aus der Tiefe des Kanapees, wo Luciano seinen Cognac schlürfte, kam nicht sofort eine Antwort. Wenn Luciano damit wartete, bedeutete das nie, dass ihm keine Entgegnung einfiel oder er sich Zeit nehmen wollte, sie besser zu formulieren, sondern immer nur, dass er dem Gesprächspartner die Gelegenheit geben wollte, seine Aussage abzuändern oder ganz zurückzunehmen.

»Na gut«, sagte Aurora, »vielleicht habe ich übertrieben.«

Er blieb stumm.

»Du hast recht«, sagte wieder sie und nahm einen nächsten Schluck. »Ich nehme das ›vielleicht‹ zurück.«

Da stand er auf und ging zum Wagen. »Möchtest du noch einen Schluck Wein?«

Luciano gehörte zu den vielen Männern, die aus einer gewissen Distanz betrachtet attraktiver wirken. Wenn er sich beispielsweise mit jemandem unterhielt, pflegte er die Hand ans Kinn zu legen, sodass die Finger zwei an der Spitze des Kinns zusammenlaufende Linien bildeten und man von weiter weg den Eindruck gewinnen konnte, sein Unterkiefer wäre kräftig und kantig, obwohl er in Wirklichkeit weich und unförmig war und die Haut am Übergang zum Hals ziemlich schlaff. Er trug also weniger zum Angeben einen Bart als vielmehr, um darunter seine Kinnlade zu verbergen. Seine Zähne, die zu zeigen er möglichst vermied, waren klein und voller Nikotinflecken. Dafür war er immer elegant angezogen. Mit einem Touch von Schlichtheit, gekonnt kombinierten Details und Nuancen bekam er es hin, bei jeder Gelegenheit eine gute Figur abzugeben, ob im Krieg (mit Pelz gefütterte graue Jacke, gestreifter Schal) oder an einer Cocktailparty (Smoking, Nadelstreifenhose).

An diesem Nachmittag trug er einen Morgenrock aus beiger, mit blauen Rauten gemusterter Seide und an den Füßen schwarze Lederpantoffeln. Er trat mit der Flasche in der Hand zu Aurora, neigte, bevor er ihr einschenkte, den Kopf und küsste sie auf die Schulter.

»Du hast mir gefehlt.«

Nach dem Wein waren von Auroras Lippenstift nur noch violette Sprenkel übrig.

»Du mir auch.«

Sie hatten sich in der Bar kennengelernt, wo Aurora jeden Mittwoch ihren Morgenkaffee trank, weil sie später als sonst zur Arbeit musste. Der Mann im kamelbraunen Dufflecoat war immer mit der Zeitung beschäftigt und spielte zwischendurch nervös an den Hornknöpfen seines Mantels herum. Bis der Unbekannte eines Tages von der Zeitung aufblickte, sich an den Barista wandte und, den Ellbogen auf dem Zinntresen aufgestützt, auf Aurora zeigte:

»Giovanni, der Cappuccino der Dame geht heute auf mich.«

Der Barista sah zuerst zu Aurora, die an ihrem Getränk nippte, dann zwinkerte er dem Mann zu, der wieder uninteressiert in seiner Zeitung blätterte und wartete.

Aurora stellte die Tasse auf den Tisch.

»Giovanni, richten Sie dem freundlichen Herrn ein Dankeschön aus, aber ein andermal.«

Nun musterte der Barista zuerst den Mann, der nicht mehr von der Zeitung aufblickte, dann wollte er eigentlich ihr zuzwinkern, aber sie, noch tiefer über ihre Tasse gebeugt, tat so, als bemerkte sie es nicht.

»Der Herr hat verstanden«, sagte nun der Mann im Dufflecoat, steckte die zusammengefaltete Zeitung in die Manteltasche und ging zur Tür.

Als Aurora aufsah, ging er gerade hinter dem Fenster vorbei, ohne Eile, so als hätte er in der Bar etwas vergessen, könnte sich aber nicht entsinnen, was. Jedenfalls hatte sie Gelegenheit, ihn näher zu betrachten. Das trübe Morgenlicht fügte nichts hinzu, kaschierte höchstens seine etwas zu runden Augen, seine ausgeprägte Hagerkeit, den typischen Gang einer anfangs zögerlichen, aber dann rasch zur Überzeugung gelangenden Person, dass der soeben eingeschlagene Weg der richtige sei. Der Mann drehte ebenfalls den Kopf, um durch die Scheibe zu Aurora zu sehen, verlor dann aber, vom Bordstein überrascht, das Gleichgewicht und wäre beinahe gestürzt. Mit rotem Kopf fing er sich wieder, versuchte vergeblich dem Blick der Frau auszuweichen. Dann winkte er ihr, ohne den Arm zu heben, mit einer kleinen Bewegung der offenen Hand auf Höhe der Manteltasche zum Abschied zu und marschierte weiter, als wäre nichts gewesen. Aurora lehnte sich, die Tasse in der Hand, zur Scheibe vor und begriff, dass sie am nächsten Mittwoch erneut auf ihn treffen würde, sie über ihren Cappuccino gebeugt, er mit der Zeitung beschäftigt, und dass der Tag anders enden würde.

Er lud sie auf einen nachmittäglichen Drink zu sich

nach Hause ein. Sie verließ die Schule vorzeitig, und auf dem Kanapee unter einem Lampenschirm aus falschem Muranoglas erzählte er ihr von seiner Arbeit als Journalist, von seiner Familie und sogar davon, dass er, um attraktiver zu wirken, immer versuchte, eher das linke als das rechte Profil zu zeigen. Selbst wenn im Bus oder Zug einmal nur ein einziger Platz frei wäre und er sich kaum auf den Beinen halten könnte, würde er sich nie links neben eine Frau setzen.

»Nur meiner Mutter gefielen beide.«

»Beide was?«

»Profile, meine ich.«

»Ah, natürlich.«

»Sie hat immer gesagt: Du lässt dich von jeder Lappalie aus der Bahn werfen.«

Das Weinglas in der Hand, hockte Aurora im Schneidersitz auf dem tabakgelben Samtkanapee und lehnte sich manchmal, um ihm näher zu kommen, leicht nach rechts, wo er mit übergeschlagenen Beinen dasaß.

»Du bist also Journalist.«

Seinen Schilderungen zufolge war er einer, der kein Blatt vor den Mund nahm. Der in ein und demselben Artikel mit der gleichen Selbstverständlichkeit Wörter wie »umwölken« und »Scheißdreck« verwenden konnte.

»Weißt du, was ich in meiner Reportage aus Ungarn geschrieben habe?«

»Du bist wirklich dort gewesen?«

Luciano hob den Arm und zeichnete in der Luft eine Art Halbkreis.

»Ich habe geschrieben: *Mein Begleiter sah mich eindringlich an und sagte, diese Revolution sei ein Scheißdreck, nur das Gewinsel gekränkter Reaktionäre.*«

»Wirklich wahr?«

»Ich entgegnete: ›Du hast recht, Genosse.‹ Aber vielleicht glaubte er mir nicht, denn auf einmal umwölkte sich seine Miene. ›Was wisst ihr schon‹, fragte er mit einem gewissen Nachdruck, ›ihr Journalisten aus dem kapitalistischen Europa?‹ Ich schwieg eine Weile, dann streckte ich ihm eine Schachtel Zigaretten hin.«

»Hat er sie genommen?« Auroras Kinn berührte Lucianos Schulter.

»Ich kann mich nicht erinnern.«

»Im Ernst?«

»Der Artikel endete so.«

Er fuhr fort, ihr Wein einzuschenken, von sich zu reden. Sie lauschte und wusste wie gewöhnlich erst einmal nicht, wie sie diesen Augenblick einordnen sollte, diese Entspanntheit, die sie erfüllte, seinen mit einem luftigen, leicht herben Eau de Cologne vermengten frischen Atem. Dann dachte sie, dass ihre Gemütsverfassung möglicherweise praktisch schon Liebe war, und hielt sich daher an die Verhaltensweisen, die gewöhnlich als Beweis dafür gelten: Sie fing an, ihm das Gesicht zu streicheln, ganz fein mit den Fingerkuppen, sah ihn dabei aufmerksam an, verringerte die Distanz zwischen den beiden Mündern.

Sie küsste Luciano aber erst, nachdem er ihr von seinem Bruder erzählt hatte.

Für Aurora spielte Sex, der von einer konkreten Situation losgelöst war, keine große Rolle – sie betrachtete ihn eher als Draufgabe oder Belohnung für eine Geste, für ein bestimmtes Verhalten von ihr oder dem potenziellen Partner. Selten nur fühlte sie einfach so einen erotischen Impuls, der nicht das Resultat einer Kombination anderer Gefühle und Dinge war, die mit Sex nichts zu tun hatten.

»Am Tag, an dem meine Mutter gestorben ist«, begann Luciano zu erzählen, »bin ich nach Hause gekommen und habe neben dem Bett ihre Pantoffeln gesehen, wie immer schön gerade auf den Rand einer grünen Fliese ausgerichtet, vor der Kommode …«

»Ich verstehe …«

»Dann bin ich in die Küche gegangen und habe die Kekse gesehen, die sie schon für mein Frühstück am nächsten Morgen auf einen Teller gelegt hatte. Der Papagei hatte kein Futter mehr …«

»Ach herrje.«

»Ich konnte es nicht aushalten, habe die Wohnung abgeschlossen und bin gegangen.«

»Ohne den Papagei zu füttern?«

Luciano gab keine Antwort.

Auch sie schwieg eine Weile, dann sagte sie: »Und wohin bist du gegangen?«

»Ich bin für eine Woche bei einem Freund untergekommen. Dann bin ich zurückgekehrt. Und was sehe ich, als ich die Tür aufmache? Mein Bruder kocht Hackfleischsauce, seine Freundin fläzt sich auf dem Sofa, ein Freund steht vor dem Papageienkäfig und sagt ihm dumme Sprüche vor, ein anderer raucht auf dem Balkon.«

»Unglaublich!«

»Kurz zusammengefasst: Mein Bruder hatte alle Kleider und Schuhe von Mama in Kisten verpackt und verschwinden lassen. Die Kekse hatte er in den Müll geworfen, zerbröselt, eine einzige Breimasse.«

»Schrecklich. Und was hast du gemacht?«

»Ich bin gegangen.«

»Und fertig?«

»Mein Bruder und ich haben drei Jahre nicht miteinander geredet.«

»Hat er nicht versucht, dich zu erreichen?«

»Immer wieder.«

»Du, nichts?«

»Nichts.«

Aurora fasste seine Hand und führte sie an die Lippen.

»Dann habe ich mich eines Tages gefragt: Was hätte Mama dazu gesagt? Ich meine, wenn das anderen Leuten passiert wäre und jemand sie um ihre Meinung gebeten hätte.«

»Und was hätte sie gesagt?«

»›Eine Lappalie‹, hätte sie gesagt.›Man lässt sich nicht von jeder Lappalie aus der Bahn werfen.‹ So habe ich meinen Bruder angerufen.«

Aurora strich ihm langsam über die Hände und sah ihm dabei in die Augen.

»Und habt ihr reinen Tisch gemacht?«

»Er hat mir erklärt, dass ihm ein befreundeter Psychologe einen Rat gegeben hatte.«

»Welchen Rat denn?«

»Er sagte, wir würden die Trauer besser verarbeiten können, wenn Mamas Sachen nicht überall in der Wohnung verstreut sind.«

»Und er hatte diesen Rat befolgt.«

»Genau.«

Daraufhin kam es zum ersten Kuss, aber dem Gefühl nach waren ihm schon eine Reihe anderer Küsse und Liebkosungen vorausgegangen, hatten sie sich seit ihrem Kennenlernen mit nichts anderem beschäftigt, kannten sie sich schon viel länger als erst seit einer Woche.

Ihre spitze Zunge bewegte sich flink hin und her, bis Aurora vom Kanapee zu Boden rutschte, sich mit ausnahmsweise einmal gerötetem statt blutleerem Gesicht hinkniete und vollführte, was ihr bei Modesto nie gelungen war. Sie hatte, auch vom Wein beflügelt, das dringende Bedürfnis, diesen Mann, der auf sie ebenso zerbrechlich wie distanziert wirkte, genau in diesem Moment und dieser Situation aus der Nähe kennenzulernen. Was Luciano betraf, lehnte er sich zunächst vor und versuchte sie zu stützen, wie um ihr nach dem Sturz aufzuhelfen. »Keine Sorge«, sagte sie, streifte ihm beidhändig die Hose hinunter und fühlte sogleich, wie sein Penis im Kontakt mit ihrer Zunge erbebte, anschwoll. Halb spielte sie herum, halb erforschte sie ihn, von Zeit zu Zeit sah sie auf und musterte den Mann, der an die Rückenlehne geklebt dasaß, die Gesichtsadern geschwollen, die Augen halb geschlossen, die gespreizten Hände nach links und rechts auf den Rand ausgerichtet.

Jetzt, ein Jahr später, hatte Aurora keine Lust, den Kuss zu erwidern, den er ihr auf die Schulter gab. Sie ging in die Küche, aß ein Stück Focaccia, das sie im Brotfach fand, und trat auf den Balkon, um eine Zigarette zu rauchen. Er stieß wenig später lautlos dazu, stellte sich hinter Aurora, die sich über das Geländer lehnte. Beide sahen auf die Stadt, die sich ohne großen Lärm, mit etwas Grau da und dort über den Dächern, auf den Abend einstimmte.

»Also, was ist nun mit dieser Schwangerschaft?«

Aurora wandte sich gedankenverloren um, unter den Augen geschwollene Tränensäcke. Sie inhalierte den Rauch ein.

»Das Erste habe ich verloren, vor vielen Jahren.«

»Das hast du mir nie erzählt.«

»Wir sind für einen Stellenwettbewerb mit dem Zug nach Rom gefahren. Ich bin eingeschlafen.«

Luciano trat neben sie, betrachtete ihr Profil, die gerade Nase, das kleine Kinn, die fast zur Hälfte gerauchte Zigarette.

»Und dann?«

»Vielleicht war es wegen dem Gerüttel …«

»Quatsch.«

»Beim Aussteigen habe ich gespürt, wie ich in Schwällen Blut verlor. Ich bin furchtbar erschrocken.«

»Mit dem Zug hatte das bestimmt nichts zu tun …«

»Weißt du, während ich schlief, habe ich etwas geträumt …«

»Im Zug?«

»Ja. Ich habe geträumt, dass mein Mann und ich miteinander schlafen wollten, er war nackt, kniff die Augen zusammen und hat mir statt seinem Dings das Messer meines Vaters reingeschoben …«

»Das Messer deines Vaters?«

»Ja, das ist sozusagen das Einzige, was mir von ihm geblieben ist.«

»Und er hat es dir reingesteckt?«

Sie hörten, wie unten vor dem Eingang ein Auto anhielt und jemand »Fulvia!« rief. Ein paar Balkone weiter unten antwortete eine Stimme: »Einen kleinen Moment.« Auroras Gesicht war in Rauch gehüllt.

»Genau, reingesteckt.«

»Was hast du dabei gefühlt?«

Sie drehte den Kopf und sah ihn an. »Was glaubst du, was ich dabei gefühlt habe? Es tat weh.«

Das rechte Profil von Luciano war wirklich hässlich – zu weich am Hals, knubbelig an der Stirn. Diesmal hatte er offenbar nicht an die Regel gedacht, sich nie zur Linken einer Frau hinzustellen.

»Fulvia!«, rief die Stimme noch einmal.

»Und er?«

»Er was?«

»Ich weiß nicht, was hat er gemacht?«

»Ich habe dir doch schon gesagt, was er gemacht hat.«

»Ich meine, bereitete es ihm Vergnügen?«

Aurora ließ sich Zeit mit einer Antwort. Sie drehte sich um, drückte die Zigarette auf dem Eisengeländer aus.

»Ich erinnere mich nicht. Wie auch immer, eigentlich wollte ich erzählen, dass ich das Kind verloren habe …«

»Natürlich, erzähl weiter.«

Das Auto unten vor dem Eingang wurde wieder gestartet. Die Stimme rief: »Fulvia! Mach's gut. Ich bin weg.«

Die Sonne ging unter, mehr und mehr Fenster waren erhellt. Sie begann zu frösteln.

Luciano fasste sie unvermittelt um die Taille und zog sie an sich. Aurora wand sich frei. »Ich muss zur Toilette.«

Er blieb, wo er war, draußen in der Kälte des hereinbrechenden Abends, in Morgenmantel und Pantoffeln. Rechts über ihm wurde die Fensterluke hell. Er hörte Aurora an den Wasserhähnen hantieren, löste sich vom Geländer und ging wieder hinein.

Sie blickte von der Kloschüssel aus einen Moment zu ihm, fixierte dann wieder die Wand vor sich. Die Tür blieb bei ihr immer unverschlossen.

»Mensch«, sagte er von der Tür aus. »Du verlässt mich so?«

Aurora wischte sich ab und stand auf, kurz blitzte ihr Slip auf, bevor ihn die Strumpfhose überdeckte. Als sie sich ihm zuwandte, lächelte sie. Zwar kam es Luciano nicht vor wie ein Abschiedslächeln, dennoch hielt ihn etwas davon ab, zurückzulächeln. Von der Schwelle des Badezimmers aus sah er mit verschränkten Armen reglos zu, wie sie sich die Hände wusch. Der Gürtel war aus dem Morgenmantel geglitten und lag gewunden vor seinen Füßen.

»Obacht«, sagte Aurora und zeigte auf den Gürtel. »Du könntest stolpern.«

Als er sich bückte, schlüpfte sie rasch an ihm vorbei. Im Flur griff sie hastig nach ihrem Mantel neben der Wohnungstür und ertastete im Halbdunkel das Schloss.

Die schwarze Gestalt hinten im nur vom Badezimmerlicht erhellten Flur rührte sich nicht.

7.

Die Schauspielerin

Clio, ziemlich mager, helle Haut, langes rotes Haar und an der Schläfe eine Ader, die an die Miniatur einer Schlange auf weiß glasiertem Grund denken ließ, war Theaterschauspielerin.

Modesto zufolge strömten ihr die Wörter beim Reden nicht aus dem Hals, sondern, gerundet und weich, aus irgendeiner anderen Vertiefung. Sie duftete nach Puder und Ingwer und lackierte ihre Fingernägel in einem Rot, das noch leuchtender war als die Farbe ihres Haars.

»Da bist du ja endlich.«

Modesto stieg in seinen neuen Stiefeln den letzten Treppenabschnitt hoch. Sie lehnte mit gekreuzten Armen am Türpfosten, lächelte.

»Fast wäre mir langweilig geworden.«

Zum ersten Mal hatte er sie als Antigone gesehen, das Haar war ihr übers Gesicht bis zum Becken hinuntergeflossen, wie ein Kleid von ausgefallenem Schnitt, durch das die warmen Klänge ihrer Stimme zu ihm drangen: *O seht mich hier, Bürger der Vaterlandschaft, schleunig den letzten Gang dahingehn.* Gleichzeitig gerieten hinter ihr die mit Attrappen beklebten

Pappmaché-Felswände in Bewegung. Dann begann auch sie sich hin und her zu wiegen, sodass die Hüften mal auf der einen, mal auf der anderen Seite unter dem Haarkleid hervor halbmondförmig aufschienen. Und als ein Scheinwerfer auf ihr Gesicht gerichtet wurde, wirkten die mit dickem schwarzen Strich nachgezogenen Augen, die gegenläufig zur an die himmelblau beleuchtete Decke emporsteigenden Stimme auf den Boden blickten, noch größer.

Modesto, der damals unruhig auf seinem Stuhl hin und her gerutscht war und sich mit einem Taschentuch den Schweiß abwischte, empfand den Auftritt der Schauspielerin als eine einzige Regieanweisung, als Anleitung folgenden Inhalts: Vertiefung an anderer Stelle suchen, Zweisamkeit anstreben, Stimme und Blick synchronisieren, Hebel betätigen, das Licht löschen.

Als er an Auroras Seite das Theater verließ und sie »Hast du dieses Haar gesehen? Diese Bühnenpräsenz?« sagte, nickte er und stellte sich vor, die Schauspielerin träte aus ihrer Mähne wie hinter einem Paravent hervor, würde mit ihrem weißen Körper auf ihn zukommen, dabei eine Brust in der Hand tragen wie in einem Kelch, während die langen, wohlgeformten Schenkel beim Gehen aneinanderrieben.

»Onkel Wanja«, sagte sie und streichelte die Katze. »In zwei Wochen.«

»Welche Rolle?«, fragte er und sah auf die Katze, die auf dem Kopfkissen schnurrte.

»Sonja, eine todlangweilige Jungfer.«

»In zwei Wochen?«

Clio stützte sich auf den Ellbogen, legte den Kopf zur

Seite und kratzte sich an der Wade. »Genau, also praktisch morgen.«

Sie lag quer auf dem Doppelbett, bäuchlings, in einem Unterkleid aus blauem Spitzenstoff. An ihrem linken Oberarm hatte sie ein auffälliges L-förmiges Muttermal. Modesto saß auf der Bettkante, den Rumpf über Clios Rücken und Hintern gebeugt, und massierte ihr die Füße. Die Katze streckte sich auf dem Kissen aus, wie eine farblich assortierte Ergänzung zum Haar der Frau. Seine neuen Stiefel standen schön nebeneinander in einer Ecke an der Wand, daneben die beim Fotografen gekaufte Staffelei.

»Nimm«, sagte sie, drehte sich zu ihm und reichte ihm ein paar Blätter. »Hilf mir ein bisschen.«

»Wirklich in zwei Wochen?«, fragte Modesto.

Clios Zeitwahrnehmung war etwas speziell: Abgesehen davon, dass sie immer präzis ein Jahr und drei Monate von ihrem wahren Alter abzog, war sie bei gewissen Ereignissen überzeugt, dass sie bloß wenige Monate zurücklagen, obwohl vielleicht schon zwei Jahre vergangen waren, und umgekehrt konnte sie ein anderes Ereignis aus dem vergangenen Monat sehr gut in graue Vorzeiten verlegen.

»Schatz, wir haben uns im November vor einem Jahr kennengelernt, oder?«, hatte sie einmal nach einer Vorstellung vor dem Garderobenspiegel gefragt. »Was redest du da, Clio?« Modesto stand hinter ihr und betrachtete sie im Spiegel. »Dann im November vor zwei Jahren?« Sie schminkte sich gerade mit einem Baumwollbausch ab. »Manchmal habe ich den Eindruck, dass du es absichtlich machst«, sagte er, sah sie noch eindringlicher an und krallte sich an die gepolsterte Lehne des Sessels. »Verzeih mir, Schatz. Du kennst mich ja.«

Er setzte seine Fußmassage fort und versuchte, das Textbuch in der anderen Hand, zu lesen.

»Sind wir sicher, dass es in zwei Wochen ist?«

Clio, die damit beschäftigt war, die Katze am Kopf zu streicheln, drehte sich zu ihm. »Glaubst du, ich würde bei solchen Dingen jemals lügen?«

Modesto beugte sich vor und küsste sie auf die Spitze der großen, rot lackierten Zehe.

»Womit fangen wir an?«, fragte er.

»Mit dem Schluss.«

Die Katze stand auf, streckte sich und sprang vom Bett. Hockte sich vor den Heizlüfter. Den hatte er ihr im vergangenen Monat geschenkt (vor einer knappen Woche, hätte sie behauptet). Clio war in einer Illustrierten auf eine Reklame gestoßen: *Sie brauchen einen Heizlüfter! Der befeuchtet, neutralisiert, duftet und balsamiert.* Bevor sie zusammen geschlafen hatten, sie saß noch auf Modestos Knien, war ihr eingefallen, dass sie ihm etwas Hochinteressantes mitteilen wollte, sie hatte die Hand ausgestreckt und die Zeitschrift vom Tisch genommen. »Ich weiß nicht, ob ich diese Reklame sehr überzeugend finde«, sagte er und zeigte auf die Abbildung des Heizlüfters. »Aber dieses Gerätchen ist doch allerliebst.« Er hatte ihren Hintern an seinen Oberschenkeln gefühlt, »ein richtig hübsches Gerätchen« gesagt, an ihren Lippen geknabbert.

Die Katze rollte sich im orangen Fleck aus Wärme und Licht vor der Heizung zusammen.

Modesto blätterte sich zur letzten Seite durch. Hob sie hoch, begann zu lesen:

»Mein Kind, wie schwer ist mir …«

Clio rollte auf den Rücken und stützte sich auf die Ellbogen. Die Haare glitten ihr über den Busen, das

Unterkleid spannte auf der einen Seite, und zwischen zwei Haarsträhnen schien eine runde Brust mit rosigem Warzenhof auf. Er begann ihren Fuß zu küssen, angefangen bei der Sohle. Als er beim Ansatz der beiden kleinsten Zehen ankam, hielt er inne und las weiter:

»O wenn du wüsstest, wie schwer mir ist!«

Clio starrte auf das Blatt und las ihrerseits:

»Was tun? Man muss weiterleben.« Sie unterbrach sich, sagte »hm« und sah zu Modesto, der seine Zunge in den Zwischenraum zwischen den beiden Zehen geschoben hatte.

»Onkel Wanja, wir werden weiterleben«, las sie dann, *»wir werden eine lange, lange Reihe von Tagen und von langen Abenden durchleben …«*. Erneut brach sie ab, streckte das andere Bein aus und versuchte, damit Modestos Hosenschlitz zu erreichen.

»Weiter«, sagte er, den Rücken gewölbt, den Mund voller Speichel.

Clio, immer noch rittlings auf der Matratze aufgestützt, fuhr fort: *»Und wenn unser Stündlein dann schlagen wird …«*, sie streichelte ihn mit dem ausgestreckten Fuß in der Leistengegend, sah ihm in die Augen, wandte sich erneut dem Textbuch zu, *»werden wir gehorsam … sterben und dort … im Jenseits …«*

Bis Modesto unvermittelt »So, genug!« sagte und aufstand. Sie verharrte eine Weile mit dem Fuß in der Luft, ließ ihn dann langsam sinken.

»Was ist in dich gefahren?«

Er war schon dabei, die Stiefel wieder anzuziehen. Von der Heizung ging immer noch ein oranger Schimmer aus. Die Katze rührte sich nicht, ihre Augen waren geschlossen.

»Wir werden uns eine Weile nicht sehen«, sagte Modesto mit gesenktem Kopf.

Clio setzte sich auf, das Haar fiel ihr über Schultern und Busen.

»Was, du kommst nicht zur Premiere?«

»Wann ist die?«

»Ich habe es dir doch gesagt: in zwei Wochen.«

»Clio, in zwei Wochen ist Weihnachten.«

Er stand vor dem Bett, in seinem Rücken der Heizlüfter und die Katze. Sie schlug die Augen nieder, überlegte.

»Stimmt, da ist Weihnachten«, sagte sie. »Dann in ungefähr einem Monat.«

»Hast du die Perücke eigentlich noch?«, fragte Modesto.

»Welche?«

»Die von neulich. Als wir so gelacht haben.«

»Ah, natürlich.« Clio streckte den Arm aus. »Sie sollte im Toilettenschrank liegen, unten in einer Schublade.«

Er zog den Mantel an und ging zum Möbel.

»Irgendwo müsste auch ein Schnurrbart sein, wenn du willst.«

»Gern«, sagte er und stöberte in der Schublade.

»Aber wozu brauchst du die Sachen?«

»Ich bringe sie dir zurück.« Modesto steckte die Perücke und den Schnurrbart in die Manteltasche, nahm die Staffelei und ging zur Tür.

»Du kommst aber, oder?«, quengelte Clio ihm hinterher. »Zur Premiere.«

»Weiß ich nicht!«

Modesto öffnete die Tür und machte sie hinter sich zu, ohne zurückzublicken.

Clio blieb sitzen, die Arme über der Brust gekreuzt, das L-förmige Muttermal verzogen, das lange Haar unter den Achseln festgeklemmt und in den Fingern verheddert. Sie betrachtete die Blätter, die verstreut auf dem Bett lagen, sah dann auf die vor der Heizung ausgestreckte Katze. Breitete ihre Arme aus.

»Komm, meine Schöne. Gib wenigstens du mir ein wenig warm.«

Die Katze öffnete kurz ein rundes, gelbes Auge. Blickte sie an. Schloss es wieder.

8.
Die Münzen

Als Aurora Lucianos Wohnung verließ, war die Sonne untergegangen, auch wenn das Licht nur zögerlich schwand. Auf diesen fahlen, für Phasen des Übergangs typischen Schein war es wahrscheinlich zurückzuführen, dass ihr das helle Funkeln des Metallschildchens an der Handtasche einer Frau auffiel, die an ihr vorbeieilte.

Die Straßenlaternen sprangen an, in regelmäßigen Abständen rasten Autos vorbei. Sie blickte im Vorbeigehen durch die Fensterfront einer Bar: Zwei Männer spielten Karten, einer benetzte sich mit der Zunge den Daumen; an einem Ecktisch wartete ein stummes junges Paar auf den Kellner, die Mäntel eng um sich gezogen; weiter drüben stand eine Gruppe Leute um einen Kicker herum.

An einer Ampel blieb sie stehen. Rechts von ihr ein gelb beleuchteter Spezialitätenladen, das Rollgitter ein Stück heruntergelassen. Sie kannte das Geschäft gut, ihre Mutter hatte dort gearbeitet. Die Ampel wurde grün, jemand rempelte sie von hinten an. Von der Focaccia abgesehen, hatte sie den ganzen Tag nichts gegessen. Sie blickte noch einmal zum Laden, dann ging sie hinein. Verlangte ein Schinkensandwich. Beim Zusammensuchen des Wechselgelds ließ der Inhaber die Münzen in der Kasse klingeln, sah sie über den Brillenrand an und fragte:

»Sie sind nicht zufällig die Tochter der Frau, die früher hier gearbeitet hat?«

Aurora gab nicht sofort Antwort. Sie nahm das Wechselgeld entgegen, steckte es in die Tasche. »Doch.«

»Ah«, sagte der Mann.

Ihre Mutter hatte hier als Kassiererin während des Kriegs Bombardements, Verhöre und die Abwesenheit ihres Manns überstanden, aber über sein Verschwinden in Friedenszeiten war sie nie hinweggekommen. Jeden Abend eilte sie nach Arbeitsschluss zum Bahnhof, blieb außer Atem auf dem Bahnsteig stehen und beobachtete, wer aus dem Zug stieg. Sie war überzeugt, dass er sie wegen einer anderen verlassen hatte und früher oder später zurückkehren würde. Ein Bekannter hatte ihr einmal erzählt, er hätte ihn Arm in Arm mit einer schönen Frau durch Trastevere spazieren sehen, aber als er angehalten hatte, um ihn zu grüßen, hatte er zur Antwort erhalten: »Pardon, das muss eine Verwechslung sein.«

Bevor Aurora den Laden verließ, betrachtete sie den Fußboden aus bordeauxrot-grau kariertem, in den Ecken etwas schmutzigem Linoleum. Hier war ihre Mutter ungefähr ein Jahr nach dem Verschwinden ihres Manns zusammengebrochen, als sie gerade auf der Handfläche das Wechselgeld für eine Kundin abgezählt hatte. Ihr war plötzlich unwohl gewesen. Die Münzen waren klirrend auf die Kasse gefallen, andere am Boden in alle Richtungen gerollt.

Die Frau, die Käse gekauft hatte und ihn nun in der

Einkaufstasche verstaute, wusste erst gar nicht, was los war. Sie blickte auf, trat ein wenig zur Seite und sah am Boden neben der Kasse ein Paar Schuhe mit kaum abgenutzten halbhohen Absätzen hervorschauen. »Hilfe«, sagte sie im gleichen Tonfall, in dem sie kurz zuvor »ein halbes Pfund Pecorino« verlangt hatte. Wäre sie noch ein wenig weiter zur Seite getreten, etwa einen halben Meter, hätte sie den ganzen auf dem Fußboden ausgestreckten Körper der Kassiererin sehen können, ihr bis zu den cremefarbenen Unterhosen hochgerutschtes geblümtes Kleid, die Hand, die krampfhaft versuchte, es hinunterzuziehen, ohne dass es ihr gelungen wäre.

Dann bildete sich ein kleiner Kreis um Frau und Kasse, der Inhaber schrie auf. Als im allgemeinen Durcheinander jemand Wasser brachte und sie den Kopf hob, spaltete sich der Personenkreis und ließ direktes Licht von der Tür herein, sodass man sehen konnte, wie sich der Mund der Frau seitlich, Richtung Ohr, verzog und in einer Grimasse erstarrte. Hin und wieder bückte sich jemand nach einer herumliegenden Münze.

Beim Hinausgehen, als sie ins Sandwich biss, hörte sie den Inhaber sagen: »Wenn Sie irgendetwas brauchen…«

Sie drehte sich mit vollem Mund und zerzaustem Haar um. Sagte »Danke« und schluckte.

Dann biss sie noch einmal ab und bückte sich zum Rausgehen, obwohl das Rollgitter gar nicht so tief hing, dass sie nicht durchgepasst hätte.

9.

Der Wachposten

Modesto saß im Schneidersitz auf dem Sofa und wartete auf sie.

»Du kommst heute spät.«

»Elternstunde, zur Abwechslung.«

Aurora goss sich ein Glas Wasser aus der Karaffe ein, die auf dem Tisch stand. Nahm einen Schluck, beugte sich hinunter und gab ihrem Mann einen Kuss auf die Schläfe.

Er musterte sie von unten bis oben. »Hast du Lust auf Kino?«

»Klar«, sagte sie. »Ich muss mich nur kurz frisch machen.«

Zuerst wusch sie sich, zog vor dem Waschbecken das Oberteil aus, öffnete den BH, legte ihn auf die Heizung und benetzte, über das Becken gebeugt, die Achselhöhlen. Stäubte diese mit etwas Körperpuder ein, setzte sich aufs Bidet. Daraufhin ging sie ins Schlafzimmer und entschied sich dort für eine grüne Satinbluse und einen braunen Glockenrock.

»Hat jemand Betschwester gesagt?«, kommentierte Modesto, als sie hereinkam.

»Was für lächerliche Stiefel«, entgegnete Aurora und schaute auf seine Füße. »Wo hast du die denn gekauft?«

»Was ist los«, sagte er, »hast du deine Tage?«

»Nein«, antwortete sie und nahm die Schlüssel. »Gehen wir?«

Sie stiegen stumm in die Straßenbahn ein und einige Haltestellen weiter wieder aus. Setzten den Weg zu Fuß fort, schweigend, zwischen ihnen immer ein gewisser Abstand. Als sie nach zwei Häuserblöcken schon die Leuchtreklame des Kinos sehen konnten, ging Aurora langsamer, sah ihren Mann an und fragte:

»Wie war es heute in der Schule?«

Als hätte er nur auf diese Frage gewartet, wurde er augenblicklich munter und verlangsamte seine Schritte ebenfalls.

»Da wirst du nie draufkommen«, sagte er, »ich bin mit einem Blasrohr beschossen worden.«

»Ist das ein Witz?«

»Mehr noch. Ich hatte auch eine kleine Auseinandersetzung mit dem Mathematiklehrer …«

»Das weiß ich, die Rektorin hat angerufen …«

»Willst du was Lustiges hören? Ich habe es endlich geschafft: Seit Jahren schon wollte ich jemandem mit dem Satz ›Mein Schicksal in Ihro Ehrwürden Hand!‹ eine Lektion erteilen.«

Während sie vor dem Kino warteten, redeten sie weiter und knabberten geröstete Kastanien. Ab und zu hielt Modesto ihr die Tüte hin, sie streckte die Hand aus und fischte eine heraus.

»Weißt du, auch bei mir gab es heute einen kleinen Zwischenfall«, sagte Aurora.

»Was heißt das?«

»Ich wäre fast ohnmächtig geworden, mitten auf der Straße. Und ich habe Dinge gesehen.«

»Was für Dinge?«

»Ich habe die Augen zugemacht und plötzlich Bilder aus meiner Kindheit gesehen, in einer eigenartigen Distanz, weder nah noch fern.«

»Hmm«, sagte Modesto und zielte mit einer Kastanienschale erfolgreich auf den Mülleimer neben der Kasse.

»Du weißt doch, was ein Stereoskop ist?«

Er hörte ihr noch eine Weile ohne großes Interesse zu, stierte die meiste Zeit vor sich auf die Straße. Inzwischen hatte sich vor der Kasse eine Warteschlange gebildet.

»Komm«, sagte Aurora, »sonst kriegen wir am Ende keinen Platz.«

Modesto warf die leere Tüte in den Mülleimer und folgte ihr.

Ihre Plätze waren am Rand einer mittleren Reihe. Bequeme Sessel, mit Samtbezügen und Polsternieten. Ungefähr nach der Hälfte des Films legte Modesto die Hand auf Auroras Knie und beließ sie dort, bis das Wort »Ende« erschien und er zum wiederholten Mal gähnte.

Beim Hinausgehen, im Foyer, winkte ihnen eine Frau in Abendrobe und Fuchspelzschal zu.

»Oh, Signora Sabatini«, sagte Aurora und ging auf sie zu.

»Ach, meine Liebe, lange nicht gesehen ...«

Signora Sabatini war die Gattin des Arztes, der Aurora nach dem Tod der Mutter wegen eines Magengeschwürs behandelt und sie später, als nach der Fehlgeburt ein Knoten in der Brust aufgetaucht war, an einen befreundeten Kollegen überwiesen hatte.

»Ist Ihr Mann auch da?«, fragte Modesto.

»Nein«, sagte sie. »Er wollte lieber zu Hause bleiben.« Sie wies auf drei oder vier elegante Frauen, die draußen plauderten und hin und wieder in ihre Richtung schauten. »Ich bin mit Freundinnen gekommen.«

»Grüßen Sie ihn von mir«, sagte Modesto.

»Oh, gern«, lächelte sie ihm zu. Wandte sich dann an Aurora: »Wie fanden Sie den Film?«

»Gott, diese Szenen, in denen Japan bombardiert wird...«

»Die Protagonistin war herzzerreißend.«

»Eine großartige Schauspielerin!«

»Ich habe die ganze Zeit geweint.«

Modesto verbarg ein Gähnen hinter der Hand.

»Aber auch er...«

»Mit seinem orientalischen Charme...«

»Und Ihnen, Signor Pacini«, wandte die Frau sich unvermittelt an Modesto, »hat der Film Ihnen gefallen?«

»Meiner Meinung nach«, sagte er und räusperte sich, »bemisst sich der Wert von Kunst nicht an ihrem... ehm... Vermögen, einer Frau Tränen zu entlocken oder ihre Begierde zu entfachen.«

»Was sagten Sie?« Signora Sabatini schaute erst Aurora und dann wieder Modesto an.

Er zuckte mit den Schultern. »Das geht auch mit Zwiebeln und Alkohol, nicht?«

»Ich verstehe nicht ganz«, sagte die Arztgattin und blickte immer noch ungläubig, als sie zu ihren Freundinnen schritt und sich über den Fuchspelz hinweg noch einmal nach dem Paar umsah, das sich nicht gerührt hatte: Er stand mit hängenden Schultern da, sie verlegen in ihrem Glockenrock. Kurz darauf sah man, wie sich die Frau zum Mann hinüberbeugte und etwas flüsterte.

»Bist du verrückt geworden?«

»Nein, ich bin nur müde.«

Sie mochte den Ausdruck »Wachposten«, er verband sich für sie mit der Nacht und dem matten Schein eines fernen Lichts, der sich über alle Dinge legt. Außerdem hatte sie einmal gehört, wie ihr Vater zu einem Freund sagte: »Wer ist heute als Wachposten an der Reihe?« Und etwas später: »Dann sind wir mal besser auf der Hut!« Aurora assoziierte »Wachposten« mit einer Person, die jedes geringste Geräusch hörte, einen leichten Schlaf hatte und Dinge vor dem Feuer oder unbekannten Kräften bewahrte. Und als sie, ohne sich zu bewegen, unmerklich die Augen ein wenig öffnete, begriff sie, dass Modesto im Mantel auf der Bettkante saß und sie fixierte.

Sein Kopf wirkte wie aus schwarzer Pappe ausgeschnitten und danach auf blauen Untergrund geklebt. Das Mondlicht drang hinter ihm zum Fenster herein, sodass sie seine Gesichtszüge nicht sehen konnte, sie fühlte nur seinen Atem, erkannte die harten Umrisse der Falten seines Mantels und wusste mit Bestimmtheit, dass er sie ansah.

Aurora hatte vor dem Zubettgehen ein Schlafmittel genommen.

Als sie vom Kino nach Hause gekommen waren, hatte sie die Schlüssel auf das Wandbord geworfen und war in die Küche geeilt.

»Ein wenig Pasta?«, fragte sie Modesto, während sie den Kochtopf mit Wasser füllte.

»Ich habe keinen Hunger«, sagte er und knallte die Tür des Arbeitszimmers hinter sich zu.

Aurora zündete das Gas an und stellte den Kochtopf auf die Flamme. Dann ging sie ihm nach.

Herrschte ihn an: »Du bist mir echt eine Erklärung schuldig!«

So fing es an, er saß auf seinem Schreibtisch, sie stand kerzengerade in der Tür.

Modesto breitete die Arme aus. »Wofür denn eine Erklärung?«

»Für alles. Warum du heute so … ich weiß nicht … so anders bist.«

»Du hingegen bist normal, ja?«

»Wie meinst du das?«

»In jedem erdenklichen Sinn.«

»Ich verstehe dich wirklich nicht.«

»Vielleicht müsstest du zuerst dich selbst verstehen.«

»Dummkopf!«, sagte sie.

Und schloss sich im Schlafzimmer ein. Weinte zusammengekauert, das Gesicht im Kissen vergraben. Dann fiel ihr der Kochtopf wieder ein, und sie eilte in die Küche. Das Wasser war verdampft. Das Feuer hatte auf der einen Seite des Kochtopfs ein schwarzes Dreieck hinterlassen, das an ein Abklatschbild erinnerte. Sie machte die Flamme aus, ging ins Badezimmer, öffnete den Spiegelschrank. Fand das Gläschen mit dem Schlafmittel, ließ zwei Stück auf die Hand fallen und schluckte sie.

Modesto ging derweil rastlos im Arbeitszimmer auf und ab. Die Kristalle des Leuchters im Wohnzimmer hörten auch dann nicht zu klirren auf, als er endlich stehen blieb. Er stieß das Fenster weit auf und starrte in die vom gegenüberliegenden Haus schwach erhellten Zweige des Zürgelbaums, der von fast greifbaren kalten Luftströmen umgeben war.

Benommen und darauf bedacht, die Augen nicht erneut zu öffnen, stellte Aurora sich vor, wie er dort saß und sie ansah, und gleichzeitig nahm sie etwas Ungewöhnliches wahr, das nichts mit ihrer Schwangerschaft zu tun hatte, über die mit ihm zu reden sie noch immer nicht geschafft hatte.

Sie blieb weiter so liegen, mit geschlossenen Augen, bemüht, keinen Laut von sich zu geben und die Augenlider nicht zu bewegen, dann spürte sie eine Veränderung: Er erhob sich. Das Bett gab ein schwaches Knarren von sich. So leise, wie es mit den Stiefeln nur möglich war, ging er in den Flur und zog dabei etwas Schweres hinter sich her. Sie lag immer noch reglos da, hörte, wie er die Wohnungstür öffnete, den Gegenstand weiterzog bis über die Schwelle, auf den Treppenabsatz hinaus, und die Tür geräuschlos wieder zumachte.

Aurora schlug die Bettdecke zur Seite, sprang auf und tastete sich unsicher zum Schrank, ohne sich zu entschließen, das Licht anzumachen. Sie umfasste die Griffe, wartete kurz, bis sie sich ganz ans Dunkel gewöhnt hatte, zog dann die Schranktüren weit auf. Ein Blick nach oben: Der Koffer aus Wildschweinleder war weg. Sie stellte sich auf die Zehenspitzen und prüfte mit der Hand nach, für den Fall, dass ihre Augen sie getäuscht haben sollten. Aber da lag nur ein Handschuh aus Nappaleder – er fühlte sich schmierig an, und sie ließ ihn auf den Boden fallen.

Sie lief ins Arbeitszimmer. Stürzte zum Schreibtisch, suchte den Lichtschalter, knipste die Lampe an. Auf dem Tisch fand sie nur ein Buch. Sie nahm es zur Hand, drehte es um, schüttelte es mehrmals. Außer etwas

Staub fiel nichts heraus. Als Nächstes zog sie die Schublade auf und griff nach dem in Formalin eingelegten Fötus. Setzte sich hin. Machte die Lampe aus. Presste, die Augen geschlossen, das kleine, durchsichtige Gefäß an sich.

ZWEITER TEIL

Vierziger Jahre
(zwischendurch auch dreißiger Jahre)

1.

Der junge Mann

Es hatte sich niemand blicken lassen. Seit Tagen schon weilten die beiden in diesem Dorf, in der eiskalten Finsternis, die so plötzlich hereinzubrechen pflegte, als würde sich ein riesiges Auge schließen. Der Ort war wie der Abgrund, in den man manchmal zu fallen träumt. Nur dass die beiden es nicht geträumt hatten, sondern wirklich hineingefallen waren.

»Ich habe etwas gehört, Santoni«, sagte der Gebirgsjäger und hob leicht den Kopf.

»Stimmt«, sagte der Zweite, der junge Mann, und stand auf, um einen Blick aus dem Fenster zu werfen. »Vielleicht ein Kampfflugzeug.«

»Warum gehst du nicht und siehst nach?«

»Wozu denn?«, sagte der junge Mann und setzte sich wieder auf das Stroh. »Es wird das Übliche sein.«

Der Gebirgsjäger trug eine Kopfbinde aus einem Stück Wolldecke, hustete ohne Unterlass und sah immer wieder zu seinem verwundeten Oberschenkel hinunter: Das Blut, das aus dem großen Riss in der Hose hervorleuchtete, bildete zusammen mit dem Verband ein braun-gelbes, eher gefrorenes als verdicktes Gerinnsel.

»Vielleicht sollte ich jetzt ein Feuer machen«, schlug der junge Mann vor.

»Nein«, sagte der Gebirgsjäger und hustete, »ich halte es noch aus, man könnte uns entdecken.«

»Falls uns der Tod nicht schneller entdeckt«, brummte Santoni und stand erneut auf.

Draußen war Gewehrfeuer zu hören. Die beiden, einer stehend, einer sitzend, hielten den Atem an und spitzten die Ohren, auf das Schlimmste gefasst, auch wenn »das Schlimmste« gedanklich beim Tod angesiedelt ist, also meist den anderen widerfährt. Auch diesmal widerfuhr, vielleicht, anderen etwas, und als es wieder still war, öffnete Santoni sachte die Tür der Isba und bekam vom Wind eine heftige Ohrfeige verpasst. Er lehnte sich an den Türpfosten.

»Jetzt mach sie schon zu, Teufel noch mal!«, hörte er von drinnen den Gebirgsjäger.

Santoni löste sich von der Schwelle, trat zur Seite und lehnte sich an die Hauswand, den Blick in den Himmel gerichtet. Die Tür ließ er offen.

Ein deutsches und ein sowjetisches Kampfflugzeug lieferten sich vor dem bleischweren, fernen, horizontlosen Himmel eine Verfolgungsjagd. An die Hauswand gelehnt, sah ihnen der junge Mann eine Weile zu, der Wind peitschte ihm ins Gesicht und zwang ihn, die Augen zu schließen. Der Gebirgsjäger stieß auf seinem Lager einen langen Schrei aus, als könnte das etwas ändern. Bis ein lautes Krachen seine vom Husten heisere Stimme übertönte und ihn verstummen ließ: Eines der Flugzeuge stürzte unweit der Isba ab. Über den Daumen gepeilt zweihundert Meter. Es knallte auf den vereisten Boden herunter, als bestünde seine Mission genau darin, als wäre es das Wichtigste, auf die Erde zurückzukehren, um einen Kreis aus Rauch zu schließen. Die Isba erzitterte, und ein Verputzregen rieselte auf den Kopf, auf die Arme, das verletzte Bein des Gebirgsjägers.

Santoni öffnete langsam die Augen, sah einige Minuten dem Schauspiel der Feuerzungen zu, die in den Himmel aufstiegen. Der heftige Wind verwirbelte ihre Linien und erzeugte ein Durcheinander aus schwarzem Rauch, Schneeregen und einem weiteren Element, das der junge Mann nur mit abstrakten Begriffen hätte definieren können, einer Art Aura, die sich in jenen Tagen um die Dinge legte oder sie vielmehr bedrängte.

Er streckte sich vor, um die Tür zu schließen und das neuerliche Wehklagen des Gebirgsjägers nicht mehr hören zu müssen, und machte sich auf den Weg zur Unglücksstelle. Das Gehen bereitete ihm Mühe. Er trug eine wollene Sturmhaube, die einbandagierten Hände steckten in den Taschen des dick gefütterten Wintermantels, und rund um die schweren Marschschuhe hatte er mit Schnur Schichten von Lumpen befestigt. In diesen Kleidungsstücken war er kilometerweit durch die Steppe gelaufen, sie waren zu seiner Haut geworden, und jeder Stofffetzen war ihm recht, um sie noch dicker und die Distanz zum Boden noch größer zu machen.

Der Rauch, der nach dem Absturz aufgestiegen war, lichtete sich und gab schon fast den Blick frei auf die im Gelände verstreuten rußschwarzen Eisenteile rund um das an manchen Stellen noch brennende Hauptstück, das vom Flugzeug übrig geblieben war. Santoni trat behutsam näher, sein Blick fiel als Erstes auf das rote Hammersymbol am Flugzeugrumpf. Die obere Hälfte hingegen, die Sichel, war so sauber abgetrennt, als hätte jemand mit dem Schneidbrenner gearbeitet und dabei auch gleich den Piloten dazugenommen, an dessen linker Hälfte des Oberkörpers noch ein Arm baumelte, während die verbliebene Pupille einen Punkt im Gelände fixierte.

Santoni wandte sich den Blechtrümmern im Motorraum zu, betastete ein paar Teile und fühlte durch die Handschuhe, dass sie noch glühend heiß waren. Eine Weile blieb er so stehen, der Stoff begann auf dem Metall zu zischen, aber die Wärme, die auf diese Weise zu seinen Fingern drang, war die Handschuhe tausendmal wert. Ab und zu schielte er zum Piloten, der sicher kaum älter war als er selbst: um die zwanzig. Reglos stand er da, bis der Wind Stimmfetzen des Gebirgsjägers zu ihm trug. Da schob er die Hände wieder in die Manteltaschen und kehrte in die Isba zurück.

»Wer hat dran glauben müssen?«, fragte der Gebirgsjäger, kaum war er eingetreten.

»Der Russe«, sagte der junge Mann.

»Oh, das nenne ich eine gute Nachricht«, lächelte der Gebirgsjäger.

»Als wäre damit der Krieg gewonnen!« Santoni winkte ab. »Hör doch auf…»

»Besser als nichts«, sagte der Gebirgsjäger und hustete. »Besser als nichts.«

Ohne sich weiter um ihn zu kümmern, ging Santoni in eine Zimmerecke und stöberte in einem Korb: Nur drei steinhart gefrorene Kartoffeln waren übrig.

»Wenn wir wenigstens noch das Maultier hätten«, sagte er verstimmt und versetzte dem Korb einen Tritt. »Alles deine Schuld!« Er sah den Gebirgsjäger an.

»Ich hätte es nicht töten und dann verspeisen können«, antwortete der Gebirgsjäger.

»In den Kaukasus«, sagte Santoni, »in die Berge hätten wir mit ihnen sollen, mit den Maultieren.«

»So wurde uns gesagt.« Der Gebirgsjäger ließ einen Seufzer hören und betastete seine Wunde.

»Und jetzt verhungerst und erfrierst du mir auf offener Steppe«, rief der junge Mann. »Und dazu noch diese Wunde.«

»Ich habe nicht vor, gleich zu sterben.«

»Keine Bange, du stirbst nicht.«

»Irgendjemand wird kommen!«

»Klar, früher oder später kommt bestimmt wer.«

Der Gebirgsjäger erwiderte nichts. Er lehnte halb liegend an einem Sack Heu, das verletzte Bein ausgestreckt, und man hätte ihn glatt für einen Faulenzer halten können, der sich nach einer üppigen Mahlzeit ausruht, wären da nicht die Filzstiefel und diese Art gewesen, wie er den Bereich rund um die Wunde betastete.

»Und du, Santoni«, sagte er schließlich nach einer weiteren Betastung des Oberschenkels und musterte den jungen Mann. »Woher kommst du eigentlich?«

»Aus den Abruzzen.«

»Woher genau?«

»Ist doch egal«, sagte Santoni und fügte rasch hinzu: »Ich hole mal etwas Holz, später ist es zu dunkel.«

Anstelle einer Antwort hustete der Gebirgsjäger und blickte auf seine Filzstiefel hinunter, die er nicht einmal zum Schlafen auszog.

Als der junge Mann die Tür hinter sich zuziehen wollte, rief er: »Hey, Santoni!« Dieser schien weniger den Kopf als die Ohren zu drehen, wie ein Tier, das aufhorcht. »Nimm meine Stiefel!«, sagte der Gebirgsjäger. Der junge Mann tat, als hätte er es nicht gehört.

Er konnte kaum laufen, musste kleine Pausen einlegen. Der Wind wurde immer unerträglicher, pfiff in den Ohren, blies ihm direkt ins Gehirn. Die beiden Holzhausreihen lagen in gespenstischem Dunkel. In der Ferne waren Rauchschwaden zu sehen, zuvor hatte er Mörserfeuer gehört. Er schleppte sich vorwärts, doch die Füße rebellierten. Nach dem langen Marsch in dieses Dorf, auf dem die Kameraden im regelmäßigen Takt eines teuflischen Spiels einer nach dem anderen weggestorben waren, hatten sie zwar eine Verschnaufpause gehabt, diese zwischenzeitliche Erleichterung war aber vielleicht gerade der Grund, warum seine Füße nun den Dienst verweigerten.

Der junge Mann bog um eine Ecke und steuerte auf ein halb ausgebranntes Gebäude aus Holz und Ziegeln zu, das ihm schon die Tage zuvor aufgefallen war, allem Anschein nach eine Kirche. Irgendwer hatte bereits das Portal aus den Angeln gehoben und mitgenommen. Drinnen musste er ein Streichholz anzünden, um ein Plätzchen zum Sitzen zu finden. Er ließ sich auf eine steinerne Platte neben dem Altar fallen, die ihn an ein Grab erinnerte. Dort wickelte er gemächlich die Lumpen von den Marschschuhen, zog sie aus und löste schließlich noch die Wollsocken von seinen geschundenen, angeschwollenen Zehen: Auch die zweite kleine Zehe war schon brandig.

Er verzog angeekelt das Gesicht. Zündete ein zweites Streichholz an, hielt es in die Höhe und schaute sich genauer um. Gerade eben hatte er an den Wänden Ikonen zu sehen geglaubt. Es waren aber Porträts von Lenin und Stalin. Vielleicht war die Kirche zu einem politischen Klub umfunktioniert worden. Er hob den Blick auf die Säule zu seiner Rechten und sah dort tatsächlich eine Ikone, beziehungsweise deren Überreste. Die obere Hälfte war weggeschnitten, auf der unteren war nur ein Fuß zu sehen, mit Zehen, die sich gerade noch vor den spitzen Zähnen eines Seeungeheuers retten konnten. Santoni erschrak. Ließ das Streichholz fallen. Zog vorsichtig die Schuhe wieder an und ging hinaus.

Er konnte kaum noch einen Fuß vor den anderen setzen, obwohl er genau wusste, dass es in diesem Krieg wie in allen anderen mit jedem einzelnen Schritt zu demonstrieren galt, dass man sich zu Hause fühlte, weil sonst die Erde aufgehen und ihn von den Füßen her verschlingen würde. Vor einer schmalen Gasse blieb er schwer atmend stehen. Betrat dann in der nächsten Isba den Flur, wo er mit sicherer Hand ein lockeres Brett aus dem Fußboden löste, es sich über die Schulter legte und sich wieder auf den Weg machte.

Als er die Tür öffnete und ein nächstes Streichholz anzündete, sah er, dass der Gebirgsjäger nun in der Zimmermitte saß, dort, wo sie gewöhnlich Feuer machten. Er wartete einfach.

»Da bin ich wieder«, sagte Santoni, als er neben ihm stand. »Jetzt kümmere ich mich um das Feuer, danach essen wir etwas.«

Der Gebirgsjäger ließ sich wie so oft Zeit mit einer Antwort. Der junge Mann schaute sich nach der Axt um und fand sie in einer Ecke, und wenige Minuten später pustete er schon in die Flammen, die in der mit geschwärzten Ziegeln ausgelegten Mulde flackerten.

»Geschafft«, sagte er und sah den Gebirgsjäger an.

Das Feuer warf einen Lichtschein auf die Gesichtszüge des Manns, der ihn entspannter wirken ließ, aber im Blick nahm der junge Mann eine Starre wahr, die er sofort erkannte. Einmal an ihm rütteln genügte. Dann bemerkte er, dass der Gebirgsjäger keine Schuhe mehr trug, er sich wohl unter immenser Anstrengung die Filzstiefel ausgezogen und sie, deutlich sichtbar, einen über den anderen, neben sich hingelegt hatte.

Santoni stand auf, nahm die drei gefrorenen Kartoffeln und warf sie direkt ins Feuer. Dann kauerte er sich neben den Gebirgsjäger. Bemüht, den schmutzigen Verband an seinen angeschwollenen, schmerzenden Füßen dabei weder anzusehen noch zu berühren, zog er die Marschschuhe aus und schlüpfte vorsichtig in die Filzstiefel. Sie reichten ihm bis zu den Knien. Er fühlte eine gewisse Erleichterung und ging zum Feuer zurück. Mit einem Stück Draht schürte er die Flammen und drehte auch die Kartoffeln. Ein warmer, einladender Geruch erfüllte den Raum.

Danach saß er reglos da und starrte ins Feuer. Neben der Vertiefung aus Ziegeln lag eine Schachtel Streichhölzer, die dem Gebirgsjäger aus der Gesäßtasche gefallen sein musste und auf der in Großbuchstaben »Schweigt!« stand. Draußen spielte der Wind verrückt, trug Kälte und auch das permanente Grollen von Explosionen irgendwo in der Nähe heran.

Nach wenigen Stunden weckte ihn der Motorenlärm eines Flugzeugs. Er sprang auf die Beine, stieg über den Körper des Gebirgsjägers und trat ans Fenster. Zunächst konnte er nichts erkennen: Eine dichte, zähflüssige Dunkelheit umschloss alles, erstreckte sich vom Rechteck des Fensters seiner Isba bis zu einem undefinierten Punkt am östlichen Horizont hinüber, wo sich ein heller Schein dazumischte.

Das Flugzeug hatte eine Parabel beschrieben, ein

Endpunkt bei der Isba, im Dunkeln, während der andere sich in der Richtung jenes hellen Scheins befand. Und von dort hörte er ein paar Sekunden später heftige Schüsse. Stalinorgeln, dachte Santoni, ich muss weiter.

Er steckte die letzte mit Asche verkrustete Kartoffel in die Tasche, zog die Handschuhe des Gebirgsjägers an, legte sich den Karabiner über die Schulter und öffnete die Tür der Isba. Sah zuerst nach links, dann nach rechts. Der Wind schlug ihm mit aller Wucht entgegen.

Seine Schritte entfernten ihn vom hellen Schein und den Schüssen der Stalinorgeln. Es hatte über Nacht geschneit.

Am Dorfrand kletterte er auf das Dach eines Schuppens und sah in der sich allmählich auflösenden Dunkelheit ferne helle Punkte: Licht in Isben oder im Freien angezündete Feuer. Er stieg wieder hinunter und kämpfte sich durch den knirschenden Schnee.

Wenig später glitt er an einer schmalen, unerwartet abschüssigen Stelle aus, und als er sich weiter unten an einigen aus der Schneedecke ragenden, vereisten Halmen wieder hochzog, schien ihm, genau dieser Durchgang hätte den Tag eingeläutet, denn nun konnte er schon alles klar unterscheiden. Nicht weit entfernt kauerten, wie zu seinem Empfang, vier oder fünf Gestalten im Halbkreis um ein Feuer, das bis wenige Minuten zuvor gebrannt zu haben schien.

Vorsichtig näherte er sich, den Karabiner im Anschlag. Im Schnee steckte eine umgekippte, fast eingesunkene blassbraune Chiffriermaschine, eine Olivetti, woraus er schloss, dass es sich um italienische Gebirgsjäger handeln musste. Er trat noch näher, hatte aber das Gefühl, sie wären es, die durch den feinen, die Sicht etwas verschleiernden Nebel auf ihn zukämen, alle vier (jetzt hatte er sie gezählt) mitsamt dem erloschenen Feuer und der verlassenen Chiffriermaschine. Allerdings gewahrte er auch sofort die prothesenhafte Reglosigkeit des Beins eines der Soldaten.

Sein erster Instinkt war, in großem Bogen an ihnen vorbeizugehen, und der Instinkt war damals und dort gewiss der beste Kompass, so etwas wie der Petromax in den dunkelsten Nächten oder eine Präzisionswaffe ohne Ladehemmung. Dann fiel ihm jedoch ein, dass sie vielleicht etwas Nützliches dabeihatten. So nahm er sich die Taschen des Manns vor, den er als Erstes erreichte, eine dick eingemummte Gestalt: Er fand eine Handvoll Mehl, eine verdrückte Schachtel *Nazionali*, eine Taschenlampe und ein Flugblatt. Die beiden übrig gebliebenen Zigaretten (eine zur Hälfte geraucht, die andere praktisch nur noch ein Stummel) steckte er in die Manteltasche, dann schaltete er mit mehlbestäubten Handschuhen die Lampe ein. Drehte sie ein wenig in den Händen und richtete das Licht schließlich auf das Flugblatt.

Es war wahrscheinlich aus dem Flugzeug abgeworfen worden, das er ein paar Stunden zuvor von der Isba aus gesehen hatte. Auf dem italienisch geschriebenen Text prangte ein großer Flecken in der Form eines Tropfens oder eines Luftballons, das Ende lang gezogen, wie angesaugt. Er las ihn nicht ganz, pickte nur einzelne Sätze heraus:

An alle italienischen Soldaten, die sich ergeben wollen … Zehn Ratschläge … Handelt zusammen mit vertrauenswürdigen Kameraden … Versteckt euch in einer Bauernhütte, bis russische Soldaten eintreffen … Hebt die Arme hoch … Fesselt oder besser tötet Verräter unter euch …

Der junge Mann warf einen letzten Blick auf die vier erstarrten Soldaten. Einen Moment lang fiel von einem Gefecht her, das irgendwo hinter ihm in Gang war, ein Lichtschein auf ihre Gesichter. Er schaute in den Himmel und sah, dass Kassiopeia immer noch da war, Kassiopeia mit ihrer gezackten Linie, die zwar an gebrochene und schlecht verheilte Knochen erinnerte, aber immerhin noch existierte, mehr jedenfalls als diese vier im Halbkreis liegenden Bündel, und wenn er sich aus dieser Notlage befreien wollte, war es ratsam, eher den Sternen als den Menschen zu vertrauen, auch dem nicht, der sich in seinem eigenen Körper verbarg, dieser Kombination aus Fleisch, Blut und Atem, die nicht minder unzuverlässig und berechnend war als die Körper der anderen.

Er marschierte den ganzen Tag, schlief unter der Plane eines Lastwagens, nachdem es ihm gelungen war, kurz ein Feuer anzumachen, und rauchte die Überreste der *Nazionali.* Im Morgengrauen hörte er das Rasseln von Panzerketten und einen auf Russisch erteilten Befehl. Da man noch nicht viel erkennen konnte, schlüpfte er nach draußen und lief, von der Intuition geleitet, in irgendeine Richtung, auf eine endlos gleichförmige Fläche zu.

Als er zu einem ausgestorben wirkenden Dorf kam, machte er einen Bogen darum und hielt erst auf Höhe der letzten Isben inne. Vor einer der Hütten war ein bis auf die Knochen abgemagerter Hund gerade dabei, einen allem Anschein nach menschlichen Körper zu verzehren, der unbekleidet war und zur Hälfte im Schnee steckte, Armbehaarung, Schnurrbart und Bart vereist. Die noch warmen Eingeweide dampften links und rechts der blutigen Schnauze des Tiers. Santoni, kurz vor dem Umfallen, blieb stehen, die Hände auf die Knie gestützt.

»He«, hörte er plötzlich. Er hob den Kopf und bemerkte erst jetzt, dass die Fenster der Isba schwach beleuchtet waren und aus dem Schornstein eine dünne Rauchfahne trat. Und dass vor der Tür, dick eingepackt, ein Mann auf der Holztreppe saß, die Füße, zwei quaderförmige Lumpenbündel, auf die unterste Stufe gestellt. Er behielt den Hund im Auge und schien unbewaffnet zu sein.

Santoni ging ein paar Schritte weiter. Das Tier vermochte sich kaum auf den Beinen zu halten, ständig knickten ihm die Hinterpfoten ein, es kaute langsam und kraftlos. Der Mann rührte sich nicht, folgte dem jungen Mann mit dem Blick. Sobald Santoni außer Reichweite war, drehte er sich um und musterte ihn ebenfalls. Da lächelte ihm der Mann zu, oder zumindest kam es Santoni so vor. Sein Mund war ein zahnloser Schlund mit einem gegen das Zahnfleisch gerollten Fleischstreifen, der Zunge.

Er setzte seinen Weg gebeugt, schweren Schritts, leise fort. Wind kam auf und blies ihm von der Steppe her erbarmungslos in den Rücken.

Schon zwei Tage hatte er nichts gegessen, hatte nur im Kochgeschirr etwas Schnee geschmolzen und sich beim letzten Mal nicht einmal die Mühe gemacht, es danach wieder richtig am Gürtel zu befestigen. So schlug es nun bei jedem Schritt gegen den Karabiner und erzeugte ein blechernes Gebimmel wie von Kuhglocken.

Er vermochte weder den Kopf zu heben, um zu sehen, was vor ihm lag, noch die Augen so weit offen zu halten, dass er etwaige Fußspuren bemerkt hätte. Ihm kamen die Tränen, aber diesem Drang nachzugeben, hätte bedeutet, den Deckel der letzten Reserve zu heben, die ihm bisher allein durch den Gedanken an ihr Vorhandensein ein Weitermachen ermöglicht hatte.

Er wusste nicht, wie weit er schon gelaufen war. Der Himmel, der Raum um ihn herum war ein Ballen aus Nebel, der Schnee knirschte als Echo auf das Gebimmel des Kochgeschirrs und den pfeifenden Wind.

Zittrig in den Beinen blieb er stehen und dachte daran, dass er möglicherweise Geburtstag hatte.

Guerino Santoni war im Januar zur Welt gekommen, mitten in fast zwei Meter hohem Schnee, sodass der Vater über die Dächer hatte laufen müssen wie über eine etwas unebene Straße und das Haus des Arztes durch das Fenster betreten hatte, als wäre es der Haupteingang. Selbst wenn es vielleicht nicht genau der richtige Tag war, starb er doch unter den gleichen Umständen dahin, wie sie bei seiner Geburt geherrscht hatten. Dieser Gedanke setzte ihm noch mehr zu als die Kälte und der Hunger. Zum ersten Mal ließ er sich in den Schnee fallen, achtlos und wie ein Sack. Ein letztes blechernes Bimmeln, dann war alles von Schnee eingehüllt.

Den dunklen Punkt in der Ferne gewahrte er, als er zum zweiten Mal gegen eine Ohnmacht ankämpfte, schwerfällig den Kopf hob, in die Luft schaute und auf irgendetwas wartete. Durch den Schleier vor seinen Augen und den nicht mehr ganz so heftigen Wind sah er, dass sich etwas in seine Richtung bewegte. Ein letzter Lebensfunke durchfuhr ihn und verlieh ihm die Kraft, seinen Oberkörper, dieses Bündel aus Knochen und Lappen, auf den Ellbogen aufzustützen, und in dieser Stellung begann er zu warten, den Blick nach vorne gerichtet.

Der Punkt schien sich, während er immer näher rückte, aus einem rundum weißen Kokon herauszuschälen und sah wirklich aus wie eine Puppe: an den Seiten gewölbt, oben und unten schmal. Als die Entfernung höchstens noch fünfzig Meter betrug und der Maßstab schon viel größer war, dachte er zum zweiten Mal an seinen Vater, an seine Erzählungen darüber, wie ihm sein Pferd einmal in einer Schlacht das Leben gerettet hatte. Und noch bevor er einen erschöpften Fuchs erkannte, der direkt unterhalb des Sattels am Brustkorb eine vereiterte Wunde hatte und an dessen Hals ein totes Huhn mit baumelndem Kopf befestigt war, bevor er all dies vor sich sah, sah er seinen Vater über die Hausdächer laufen wie auf einer Straße, sah er, wie dieser den entkräfteten Sohn beim Schopf packte und sagte: »Los, steh auf, der Schlag soll mich treffen, wenn ich dich hier liegen lasse.«

Das Pferd blieb ein paar Meter vor ihm stehen, mit einer feinen Schneeschicht bedeckt, seine Nüstern blähten sich in regelmäßigen Abständen auf.

Unter größter Anstrengung stemmte er sich hoch, ließ das Gewicht zunächst weniger auf den erstarrten Beinen als auf den Armen lasten. Als er das erste Bein streckte, fühlte er Nässe an seinen Schenkeln und merkte, dass er sich angepinkelt hatte.

Das Pferd ließ ihn aufsitzen. Die gläsern wirkende Wunde konservierte in sich ein leuchtendes Rot wie ein Insekt im Bernstein, aber allzu tief war sie wohl nicht. Er nahm ihm den Strick mit dem kopfüber hängenden Huhn vom Hals und streifte es sich selber über. Dann trieb er das Pferd an. Der Fuchs setzte sich in Bewegung, trottete in aller Gemächlichkeit dahin, Santoni hatte aber ohnehin nicht vorgehabt, ihn zu sehr zu beanspruchen. Sie überquerten einen gefrorenen Fluss, erreichten dann einen Eichenwald, wo der junge Mann absteigen musste und es noch langsamer weiterging.

In diesem Wald versuchte er, unter einem Baum ein Feuer anzuzünden. Derweil zupfte das Pferd, ohne sich weit von ihm zu entfernen, am spärlichen vertrockneten Gras, das den Eichenwurzeln entlang aus dem Schnee ragte. Er erhitzte im Kochgeschirr Wasser und schüttete es über das Huhn. Rupfte es, so gut das in Handschuhen ging, hielt es dann über die kleine Flamme, die er noch hatte erhalten können. Er schlang das noch halb rohe, zähe Fleisch in großen Bissen hinunter, bis ihn Brechreiz überkam und er alles über den Stamm erbrach, im Stehen, den Kopf an den Arm gelegt und den Arm an den Baum.

Als er den Eichenwald hinter sich ließ, zeigte sich in der Dämmerung ein kleines Dorf. Er brachte den Karabiner in Anschlag und stieß mit den Füßen die Tür der erstbesten Isba auf. In einer Ecke, unter den Ikonen, kauerte eine Frau mit einem Kind, dem ein Helm bis ins Gesicht reichte.

»Brot!«, sagte Santoni. »*Chleb!*«

Die Frau schüttelte den Kopf und schob die Hand unter den Helm des Kinds, um ihm die Augen zu verdecken. Santoni sah sich um, ging direkt zur Anrichte und griff gierig nach einem Stahlgefäß. Darin war ein wenig Milch. Er hielt es sich über den Mund, ließ die ganze Milch auf einmal hineinlaufen und besudelte sich dabei den Mantel.

Die Nacht verbrachte er bei ihnen, auf einem Strohsack neben dem Ofen, vollständig angezogen, den Karabiner an sich gepresst. Die Frau bewegte sich mit kaum wahrnehmbaren Schritten, schwieg. Zwei- oder dreimal ging das Kind auf Geheiß der Mutter hinaus, um nach dem Pferd zu sehen, das sie in einem leeren Stall eingeschlossen hatten.

Er brach noch im Dunkeln auf. Zum Abschied winkte er der Frau kurz zu. Das Kind, das den Helm nie abgesetzt hatte, linste verstohlen hinter dem Gewand der Mutter hervor.

Inzwischen hatte er, in eine aus dem Haus der Frau mitgenommene Decke gehüllt, zwei oder drei Kilometer zurückgelegt, ohne dass es schneite, und war nur auf ein paar Leichen und einen im Schnee zurückgelassenen 45mm-Mörser gestoßen. Das von Schmerzen gequälte Pferd schritt langsam voran und hielt die Augen die meiste Zeit geschlossen, bis es auf einmal Anzeichen von Nervosität zeigte und sich mehrmals aufbäumte.

Auf einer Lichtung erschien ein Dutzend Kavalleristen, die, ebenfalls dick eingemummt und sichtlich erschöpft, auf ihn zukamen. Sie bewegten sich wie ein Leichenzug, das einzige Geräusch war das Trappeln im Schnee. Während sie vorbeizogen, hoben sie kaum den Kopf, warfen ihm einer nach dem anderen einen flüchtigen Blick zu. Auch Santoni ließ sich nichts anmerken und ritt geradeaus weiter. Als er glaubte, sie schon ein ganzes Stück hinter sich gelassen zu haben, erteilte jemand den Befehl anzuhalten. Er erschrak, blieb stehen, als hätte der Befehl auch ihm gegolten, und drehte sich langsam um.

Einer löste sich aus der Reihe, machte kehrt und kam auf ihn zu. Gemächlich folgten ihm auch die anderen, und wenig später fand sich Santoni von Kavalleristen umringt, die, nachdem sie mehrere Schichten entfernt hatten, ihre Kopfbedeckungen aus schwarzem Astrachan und an den Hüften ihre Säbel sehen ließen. Es musste sich um Kosaken im Dienst der Deutschen handeln. Kameraden hatten von ihnen erzählt, er hatte selbst nie welche gesehen.

Der Befehlshaber ritt noch näher heran, ließ die Peitsche knallen und sagte: »Taljanski?«

Er hatte einen langen Schnurrbart und einen metallenen Eckzahn aus Blei oder Silber. Santoni schälte den Kopf aus der Decke und nickte. Der Kosake ritt einen Halbkreis, zeigte, als er wieder vor ihm war, mit der Peitsche in die Richtung, aus der sie gekommen waren, und sagte: »Taljanski. Nikolajewka. Kaputt.«

Santoni erschrak. »Taljanski kaputt?«, fragte er zurück.

»Kaputt, kaputt«, hörte er aus verschiedenen Richtungen des Kreises.

Er wusste nicht, was er tun sollte. Sein Pferd schlug aus, wurde immer unruhiger. Der Kosake hielt erneut vor ihm an, schob die Peitsche unter die Achsel und zog eine Schachtel *Milit* aus der Außentasche des Mantels. Hob mit dem Daumen die Lasche an und nahm die letzte Zigarette. Dann fuchtelte er mit der Packung vor Santonis Gesicht herum, machte dazu ein betrübtes Gesicht, um zu signalisieren, dass sie leer war, knüllte sie zusammen und warf sie neben sich in den Schnee. Er zündete die Zigarette an, inhalierte, ließ beim Auspusten einer Rauchfahne seinen metallenen Eckzahn aufscheinen, sagte: »Charoschi taljanski sigaret.«

Santoni wurde klar, dass er sich sputen musste, wenn er die verbliebenen Abteilungen einholen wollte. So gab er dem Pferd mit einem derben Fersenschlag in die Wunde hastig die Sporen, versuchte gleichzeitig abzuschätzen, ob ein Ausbruch aus dem Kreis gelingen konnte, aber schon bäumte sich das Pferd auf, wieherte, als stünde es vor dem Schlachter, und schien sich mal hier, mal da an diese Mauer aus strammen, säbelbewehrten Kosaken klammern zu wollen. Santoni auf dem Pferdebuckel verlor die Kontrolle und fiel rückwärts in den Schnee, und hätte der Kosakenanführer nicht rechtzeitig die Zügel an sich gerissen, hätte ihm das Pferd die Hufe in den Brustkorb gerammt.

Die Kosaken schoben die Säbel in die Scheide zurück und warteten auf einen Befehl des Anführers, der, während er das Pferd beruhigte, ohne die Zügel loszulassen, dem jungen Mann einen schiefen Blick zuwarf. Dieser suchte seinerseits auf den Knien hektisch nach dem Karabiner, der ihm in den Schnee gefallen war. Der Kosake sagte: »Kon' nasch«, und gab seinen Leuten das Zeichen zum Aufbruch.

Sie entfernten sich zusammen mit dem Fuchs, den der Anführer einem der älteren Kosaken anvertraute, worauf der von seinem eigenen, bis auf die Knochen abgemagerten Pferd absaß und sich auf das andere hievte. Ein paar von ihnen drehten sich noch nach Santoni um, der in der Mitte eines dunklen Kreises im Schnee zurückblieb, zwei rissen sogar ein paar Sprüche und lachten, aber als der Anführer seinen metallenen Eckzahn aufscheinen ließ, gaben sie keinen Laut mehr von sich und zogen davon. Während das Pferd mit seiner neuen Last langsam, schwankend mitging, verdickte sich in seiner frisch aufgeplatzten Wunde das Blut – Tropfen lösten sich und bohrten in kurzen Abständen Loch um Loch in den Schnee.

Santoni tastete nach dem Karabiner und fand ihn unweit der braunen, zusammengeknüllten Schachtel

Milit, die er zuerst aufhob, aber wieder fallen ließ, nachdem er sich überzeugt hatte, dass sie wirklich leer war. Erst dann nahm er den Karabiner, legte ihn sich über die Schulter und setzte seinen Weg fort.

Er schlug die entgegengesetzte Richtung ein. Nach zwei oder drei Stunden, eine russische Panzerkolonne stets im Blick, fand er sich an einem Waldrand wieder. Von dort aus, im Schutz eines Baums, sah Santoni auf eine Lichtung hinab, die unter den Rauchstreifen des Himmels in eine große Siedlung mit zahlreichen abgebrannten Isben mündete. An einer kritischen Stelle, an der sich Straßen und verschiedene Verbindungswege kreuzten, sah er etwas, das ihn an eine erst prall gefüllte und dann aufgeplatzte Eiterbeule erinnerte. Eine Ansammlung aus verwüsteten Panzern, umgekippten Lastwagen, versprengten Artilleriestücken.

Er ging quer über die Lichtung, verschnaufte immer wieder kurz und hatte das Dorf schon fast erreicht, als eine Handbreit vor seiner Nase ein Geschoss an ihm vorbeipfiff. Weit und breit niemand, als er sich umdrehte. Er nahm Anlauf und hechtete eine Böschung hinunter. Robbte weiter, erreichte einen Stacheldrahtverhau und schlich gebückt an ihm entlang, den Finger am Abzug, bis er auf einen Durchgang stieß.

Er drang in die mit Patronenhülsen übersäten verschlungenen Pfade ein, ging quer durch die Küchengärten hinter den Isben, als wäre er hier zu Hause. Kurz vor einer Kreuzung machte er hinter einem Blechschuppen halt und sichtete mehrere Personen, die in der Ortsmitte eine riesige Grube aushoben. Nicht weit davon entfernt machte sich eine zweite Gruppe an dem zu schaffen, was von oben wie eine Eiterbeule ausgesehen hatte und das sich nun als dicht mit übereinandergestapelten Leichen bedeckter Bahndamm erwies.

Ein kleines Militärfahrzeug steckte mit einer Seite im Schnee, verbeulte Felgen ragten in die Luft, und das Maschinengewehr auf dem Autodach war nach hinten verdreht. Santoni kam der Verdacht, dass es sich um das Fahrzeug eines italienischen Generals handelte, und er dachte an die Kosaken und das, was er von ihnen erfahren hatte.

Bei Einbruch der Dunkelheit überquerte er den Damm und zog weiter, immer Richtung Westen. Ein einziges Mal schwenkte er ab, um eine verlassene Isba zu betreten. Zum Essen fand er nur ein bisschen Honig, dafür gönnte er sich zwei Stunden Schlaf in einem richtigen Bett.

Als er danach aufbrach, schneite es. Er beschleunigte seine Schritte, rutschte im Schnee aus, stand auf, fiel wieder hin, bis er gegen Morgen auf noch frische Fußspuren stieß. Zertrampelter Schnee um die Überreste einiger hier und dort angezündeter Feuer, zwei oder drei mit dem Gesicht nach unten liegende Leichen.

Es war schon hell, als Santoni auf einmal wie angenagelt stehen blieb: Vor ihm erstreckte sich, soweit das Auge reichte, eine unermessliche, schneeweiße Ebene, kilometerweit durchschnitten, durchbohrt von einem dunklen Menschenwurm. Dessen Vorankommen schien auf einem ganz eigenen Zusammenspiel von Zeit und Schnee und auch anderem zu beruhen, an manchen Stellen gab es Verdickungen wie bei einem Regenwurm, dann wieder verjüngte sich die Linie und wies kleine Lücken auf.

Er lief, so schnell er konnte, und holte binnen einer Stunde das Wurmende ein. Gesellte sich außer Atem neben den hintersten Mann, der in eine Decke gehüllt war und einen mindestens zwei Wochen alten Bart trug. Legte ihm eine Hand auf die Schulter, was dieser aber nicht zu bemerken schien – weder wandte er sich ihm zu, noch sagte er ein Wort, er marschierte einfach weiter. Da beugte sich Santoni zu seinem Ohr hinüber, das unter einer Sturmhaube versteckt war, und schrie fast schon: »Italiani?« Nun drehte der Mann ein klein wenig den Kopf und betrachtete ihn prüfend, aber nur ganz kurz, und schon folgte er wieder den Fußstapfen des Vordermanns, sah auf dessen Rücken, ohne anderes wahrzunehmen.

Santoni ging ein Stück neben ihm her, dann heftete er sich an seine Fersen und übernahm sofort den Rhythmus seiner Schritte.

Weiter und weiter zog der Wurm, auf den weißen, endlosen Horizont zu.

2.

Der Vater

»Grüßen Sie Ihren Sohn von mir«, lächelte der Sekretär und händigte ihm den Passierschein aus.

Santonis Vaters sagte nichts, wie immer, wenn es nicht unbedingt nötig war. Daher wunderte der Sekretär sich nicht darüber, verabschiedete sich geradezu ausgesucht höflich von ihm und wies auf die Tür. »Die finde ich auch so«, raunzte der Mann und verzog seine Lippen zu einer verdrießlichen Miene, die die Bewohner der Kleinstadt unter tausend ähnlich verdrießlichen Mienen auf Anhieb wiedererkannt hätten.

Zurück zu Hause, hängte er den Hut an die Garderobe und beschloss, sich zu rasieren. Er stellte einen Dreibeinhocker vor den Kamin, platzierte die Holzschale mit dem steifen, staubigen Haarpinsel darauf. Ging hinaus in den Hof, raffte auf der Tenne die Holzscheite zusammen, die er vor seinem Ausflug in die Stadt zum Trocknen ausgelegt hatte, und stieß mit dem Fuß die Tür zum Geräteschuppen auf, unter dem Arm das Bündel.

Mit leichter Schlagseite durchstöberte er den Krempel, der sich auf dem langen Tisch vor der Bretterwand angesammelt hatte. Neben einem kleinen Fenster hingen unter Spinnweben eine Uhr mit stillstehendem Pendel und ein an ein Brett genagelter Wildschweinkopf. Er griff mit der freien Hand nach einem Rasierer, das heißt nach einem kleinen Klappmesser, und verließ den Schuppen.

Der Bracke war an einem Pfahl vor der Hundehütte festgebunden und knurrte die auf der Tenne herumgackernden Hühner und den Hahn an. Er ging, nun beide Hände besetzt, an diesen vorbei und hörte vom Nussbaum am anderen Ende des Hofs her einen Kuckuck.

Im Haus stellte er Wasser auf den Herd und zog ein dreieckiges Stück Spiegel voller Feuchtigkeitsflecken aus der Schublade der alten Kommode. Rittlings auf einen Flechtstuhl gehockt, das Gesicht der Sonne zugewandt, die durch das große Fenster hereinschien, machte er sich daran, sich nach vielen Jahren wieder einmal den Bart abzurasieren (gewöhnlich stutzte er ihn mit der Schere und beließ ihn fingerlang). Durch Grimassen versuchte er die Haut an den faltigen Stellen neben Nase und Mund glatt zu ziehen, ebenso am Hals, das Kinn in die Höhe gestreckt und darauf konzentriert, die ideale Neigung des Rasierers zu finden.

Von draußen hörte er, wie der Bracke den Kuckuck anbellte, worauf der verstummte. Und während Santonis Vater sein mit dunklen Flecken übersätes Gesicht begutachtete, kam er zu dem Schluss, dass diese Reise unausweichlich war, auch wenn sich durch sie nichts ändern würde – der Hund, sein Witwerleben, das Haus, in dem seit Jahrzehnten keine Frau mehr waltete, sein Sohn, der ganz durchdrungen war von etwas, in dem auch er sich einst verfangen hatte, ohne jedoch davon durchbohrt zu werden –, all dies würde unverändert bleiben. Die Reise aber war so unausweichlich wie die Prozession im Frühling und das Keltern im Herbst.

Er wechselte die Unterwäsche, zog ein Hemd an und darüber die Jacke für besondere Gelegenheiten, seine Uniformjacke eines Hauptmanns der leichten Kavallerie, graugrün, mit steifem Kragen und beidseitig je einem Stern. Dann streifte er das Koppel mit der Pistole darin von der Garderobe und setzte sich die wollene Schildmütze auf, die er jeden Tag trug und von der er längst die Abzeichen der Königlichen Armee gelöst hatte. Schließlich nahm er einen Napf und ging zur Tür hinaus.

Auf der Tenne verstreute er Hühnerfutter. Den Bracken, der inzwischen aufgestanden war und wedelte, ließ er frei. Kraulte ihn am Kopf, strich die senkrechten Fellstreifen links und rechts der Schnauze glatt und setzte ihm den Napf mit ein wenig Brot und Geflügelleber vor.

Mitten im Hof stehend betrachtete er ein letztes Mal die Postkarte, die ihm sein Sohn geschickt hatte: eine Ansicht des Bahnhofs Milano Centrale mit seinen Säulen, den Lücken zwischen den Säulen und, gewissermaßen zu ihrer Kompensation, den Rasenflächen davor. Auf der Rückseite stand:

Wenn sie samt und sonders sterben, werde auch ich sterben, Papa. Dir das zu sagen, ist fruchtlos Arbeit, ich weiß, ebenso gut könnte man in den Wind schreiben. Aber du wirst immer mein Papa sein, auch falls wir eines Tages einschlafen und uns beim Aufwachen nicht mehr daran erinnern sollten, je Vater und Sohn gewesen zu sein. Dein Guerino.

Nach der Rückkehr aus Russland hatte er zunächst gedacht, er hätte es endlich begriffen, sein immerzu getriebener Junge. Fehlanzeige. Wenige Monate später war er eilig aufgebrochen, um der Republik von Salò seine Treue zu schwören.

Der Mann schob die Postkarte in die Hosentasche und ging hinüber in den Stall, um das Pferd zu satteln. Der Hund wollte ihm folgen, doch er hieß ihn bleiben, wo er war. Das Tier gehorchte und wandte sich stattdessen den Hühnern zu. Die Sonne stand schon hoch. Der Kuckuck hatte einen anderen Baum gefunden.

Auf seinem angejahrten, ausgebleichten und schwerfälligen Braunen mit der schmalen Blesse sitzend, machte Santonis Vater einen Bogen um die Stadt und ritt auf das Gebirge zu. Er hielt sich an Waldränder, vermied allzu steile Wege und Zufahrtsstraßen zu Brücken. Zweimal musste er zur Pistole greifen, bevor er nach fünf Tagen am Ziel war.

Beim ersten Mal kam unweit eines kleinen, an den Hügel geklammerten Dorfs, in dem er übernachtet hatte, ein Zigeuner auf ihn zu. Packte das Pferd an einem Riemen am Hals, blickte aus großen Augen unverschämt zu ihm hoch und sagte in perfektem Dialekt etwas, das an »Hochmut reitet zu Pferd aus und kommt zu Fuß wieder nach Haus!« erinnerte. Danach stieß er einen Pfiff aus.

Der Mann im Sattel wurde nervös, weil er eine Falle befürchtete, und führte die Hand zum Koppel. Das Pferd schnaubte, schlug aus, aber in diesem Augenblick trat hinter einer Baumreihe ein ziemlich dunkelhäutiges Mädchen hervor, das mit gestrecktem Arm die Zügel eines Braunen festhielt, der fast als Zwilling seines Pferdes hätte durchgehen können, nur dass er jünger war und sein weißer Streifen schmaler. Der Zigeuner erklärte, um den Mann zu beruhigen, in etwa Folgendes: »Auf Ihrem Gaul werden Sie nicht weit kommen. Ich kann Ihnen billig einen besseren verkaufen.« Das Mädchen kam quer über die Straße auf sie zu, doch Santonis Vater ließ die Peitsche knallen und forderte den Verkäufer mit verdrießlicher Miene auf, zurückzutreten. Das erschrockene Mädchen blieb mit dem Pferd auf halber Strecke stehen. Der Zigeuner wich ein paar Schritte zurück, sah das Mädchen vorwurfsvoll an und verwarf die Hände, während der Mann seinen Weg fortsetzte.

Fünfundzwanzig Jahre zuvor war er tatsächlich ohne Pferd nach Hause gekommen. Es war kein Arbeitspferd gewesen wie dieses, sondern ein Maremmano, ein schlanker, flinker Fuchs, der auf dem Schlachtfeld liegen blieb. Santonis Vater, damals ein junger Offizier, hörte nicht auf, nach ihm zu suchen, irrte am Rand einer mit Bäumen und Sträuchern gesäumten Straße herum, in deren Mitte, wie Statuen antiker Krieger, Pferdegerippe aus dem Sumpf ragten. Bis zu den Knien im Schlamm eingesunken, rief er nach ihm, erhielt aber nur Antwort von einer Stimme, die im Nebel umso klarer und einsamer wirkte – die klagende Stimme eines unsichtbaren, verletzten Soldaten.

Er war dekoriert, gealtert und ohne seinen Maremmano nach Hause zurückgekehrt. Als er nach mühsamem Fußmarsch Bologna erreichte, wo er seine Jugendjahre verbracht hatte und zum Soldaten ausgebildet worden war, legte er auf der Piazza Galvani eine Rast ein, um sich ein wenig zu stärken, zu rauchen, vielleicht altbekannte Gesichter wiederzusehen. Die Mittagsglocken läuteten. Plötzlich wurde ihm bewusst, dass dieses Warten ziemlich sinnlos war. Von der Statue des Wissenschaftlers einmal abgesehen, war die Stadt eine andere, wie in sich gekehrt. Die wenigen Menschen, die vorbeikamen, blickten sich vorsichtig um. Nur der kranke Sohn des Apothekers war immer noch der Gleiche – den Kopf zwischen die Gitterstäbe des Balkons gezwängt, streckte er ihm die Zunge heraus.

Er wollte schon aufbrechen, da kam eine Gruppe junger Arbeiter über den Platz und beäugte ihn von Kopf bis Fuß. Sobald sie sich vergewissert hatten, dass er eine Offiziersuniform trug, wechselten sie untereinander Blicke, traten näher und begannen, ihm Beleidigungen zuzurufen und ihn anzuspucken. Der Sohn des Apothekers, rote Striemen im Gesicht, ließ von oben ein ordinäres Schimpansenlachen hören.

Seine Stirn legte sich in die typischen verdrießlichen Falten, aber er sagte nichts. Rauchte die Zigarette fertig, warf den Stummel weg, säuberte mit einem Taschentuch Gesicht und Uniform. Als er aufblickte, sah er in Hauseingängen und über Fenstersimsen ein paar vertraute Gesichter, aber niemand wollte sich offen zeigen. Die Wut der Arbeiter hatte sich erschöpft, sie standen nun steif und mit hängenden Armen da, gaben nur noch letzte halbherzige Beleidigungen von sich.

Er kehrte allem den Rücken und steuerte auf den Ausgang des Platzes zu. Schritt um Schritt lockerte sich der Kies und puderte seine Stiefel mit einer Staubschicht. Eine Reihe von Blicken und die lauten Schreie des kranken Jungen begleiteten ihn, bis er, entschlossen, nie wieder einen Fuß nach Bologna zu setzen, aus dem Blickfeld verschwand.

Zurück in den heimischen Bergen, in den Abruzzen, legte er seine Uniform ab, verkaufte das Gutshaus und platzierte zwischen sich und der Menschheit einen rauschenden Bach, ein neues Stück Land, eine Ehefrau und einen Hund. Später war Guerino dazugekommen, bei dieser Gelegenheit hatte er Vertreter seiner Spezies um Hilfe bitten müssen.

Die Wehen setzten frühmorgens ein, und er machte sich mit Schaufel und Pistole auf, um den Arzt zu holen. Die Überquerung des Bachs, eines Bachs aus Schneemassen, kostete ihn eine gute Stunde Schaufeln im Bewusstsein, dass jede jetzt vollführte Armbewegung mehr dazu beitrug, seinem Sohn die Welt zu eröffnen, als zuvor dessen Zeugung. Er machte immer weiter, bis er am anderen, leicht ansteigenden Ufer auf halber Höhe stecken blieb, bis zur Stirn im Schnee versunken und die Hände auf den Knien. Nach unzähligen vergeblichen Versuchen, Arme oder Beine zu bewegen, brüllte er in aller Lautstärke den Namen des Nachbarn: »Michè, hey, Michè!«

Man hörte ihn und begriff, dass er niemals so geschrien hätte, wäre ihm nicht das Wasser der Not bis zum Hals gestanden, und so machte der Nachbar sich sofort daran, ihn mit einem Seil dort herauszuziehen. Damit fand er an diesem Tag auch den einzigen Freund seines Lebens, Michele, einen sanftmütigen Mann, der in einem Haus zwischen seinem und der Stadt lebte und ihn manchmal aus voller Kehle über das dahinfließende Wasser hinweg grüßte, auch wenn er in den meisten Fällen keine Antwort erhielt.

Weder seiner Frau noch Jahre später dem Sohn erzählte er je von dieser Episode mit dem Nachbarn. Seine Erinnerungen an diesen Tag begannen immer so:

»Ich bin also über die Dächer gelaufen wie auf einer Straße und zufällig Michele begegnet, der mit mir gekommen ist…«

»Halt«, schrie eine Stimme. »Mitteilen, wer Sie sind!«

Ein paar Stunden nach der Begegnung mit den Zigeunern ließ Santonis Vater an einem Wasserlauf das Pferd trinken. Der Himmel war klar, und die Berge wirkten näher als sonst. Ein junger Partisan, der unter der Patronentasche eine Tropenbluse trug, stand breitbeinig etwas weiter oben am Wasserlauf, das Gewehr im Anschlag. Einen Moment lang herrschte Stille, nur das Gurgeln des Wassers war zu hören.

»Ich bin auf der Durchreise«, antwortete Santonis Vater, ohne ihn anzusehen, die Hand auf der Pistolentasche. »Ich reise in persönlicher Angelegenheit in den Norden.«

»Persönliche Angelegenheiten gibt es nicht mehr«, sagte der Partisan, warf einen Blick zu den Büschen, die sich bis zu den Bergen den Hang hochzogen, und ließ einen Pfiff hören. Aus dem Dickicht schlüpften weitere Partisanen. Sie kamen in loser Ordnung, mit weit ausholenden Schritten und angelegten Gewehren herunter.

»Wer ist denn das?«, fragte ein Lockenkopf, der seinen Gefährten als Erster erreichte. »Er könnte glatt aus einem Film über den Ersten Weltkrieg sein.« Unterdessen waren auch die anderen näher gekommen.

»Ich weiß es noch nicht«, sagte der Erste. »Er sagt, er will in den Norden.«

»He du, auf welcher Seite stehst du?«, rief der Zweite und wandte sich, ohne eine Antwort abzuwarten, den Gefährten zu, die sich in Position brachten. »Guckt euch den mal an, der sieht doch aus, als wäre er aus diesem Film ... ihr wisst schon.«

»*Cavalleria*«, versuchte es ein kleiner Bursche mit großen Ohren, der sich hinter dem Gestrüpp in Stellung gebracht hatte. »Mit Amedeo Nazzari.«

»Genau!«, sagte der Zweite und sah den Ersten an.

Das Pferd hatte genug getrunken. Santonis Vater stand reglos da und hörte sich alles an, dann sagte er laut: »Ich habe seinerzeit gegen die Deutschen gekämpft. Jetzt will ich zu meinem Sohn, der offenbar beschlossen hat, sich auf ihre Seite zu stellen. Er ist ungefähr in eurem Alter.«

Alle schwiegen, und falls jemand etwas Unflätiges sagte, hörte der Mann es nicht, weil das Wasser ziemlich laut rauschte und das Pferd genau in diesem Moment auf die Kieselsteine urinierte.

»Gehen Sie da lang«, sagte dann der Erste, senkte das Gewehr und wies auf einen Pfad, der erst ein Stück dem Wasserlauf folgte und dann in einen Kastanienwald führte. »Weiter hinten im Tal kommen Sie zu einem Dorf. Alles ruhig dort.«

»Jedenfalls war es das gestern noch«, warf der Zweite ein und setzte sich auf den Boden. Streifte einen seiner Nagelschuhe ab und schüttelte ihn aus, hob dabei das Kinn an und blies die Locke weg, die ihm in die Augen fiel. Ein Steinchen kullerte heraus und fiel hell auf die Kiesel.

»Aber ziehen Sie besser diese Uniform aus«, sagte der Erste.

»Man könnte Sie für einen aus der Truppe Badoglios halten.« Er nahm seine Patronentasche ab, legte sie auf die Steine, knöpfte die Tropenbluse auf und warf sie ihm zu.

»Da, nehmen Sie.«

Santonis Vater fing sie auf und zog sie über die Jacke an.

»Na dann, vielen Dank«, sagte er und nahm das Pferd an den Zügeln. Macht's allesamt gut.«

»Grüßen Sie Ihren Sohn von uns«, rief einer ihm hinterher.

In einer Osteria aß er Bohnensuppe und trank einen Viertelliter Wein. Dem Pferd ließ er etwas Heu geben. Er fragte, ob er über Nacht bleiben könne. Der Wirt zögerte zuerst, sagte aber schließlich zu – so leise, dass Santonis Vater es im Lärm kaum hören konnte.

Die Gaststube war verqualmt, voller unangenehmer Gerüche und angespannter Gesichter. Ein alter Mann, der seinen Stock zwischen den Oberschenkeln abgestellt hatte, behauptete, es sei nur noch eine Frage von Tagen, die Alliierten drängten schon in die Hauptstadt, der Sohn habe es gesagt. Ein junger Bauer, der unter den Briscola-Spielern saß, rief, bereits etwas angeheitert, in wenigen Stunden würden sie alle tot sein, am Vormittag habe er über seinem Feld ein Flugzeug gesehen, das so rund gewesen sei wie eine Flunder und absonderlich ausstaffierte Männer abgeworfen habe. »Spiel weiter«, lachten die anderen ihn aus.

Santonis Vater hörte sich diese Reden nicht länger an, stand auf und ging schlafen. Sein Zimmer lag neben der Küche, darin ein Bett und eine Decke, beides nach Rauch, gekochtem Fleisch und Wanzen riechend. Der Schlaf ließ dennoch nicht lange auf sich warten.

Er träumte von seiner Frau, wie sie sich nackt über eine Schüssel beugte und den Hals, die Brüste, die Achselhöhlen mit einem Seifenstück einrieb, das ihr permanent aus den Händen flutschte und zu Boden fiel. Lachend angelte sie es sich immer wieder und fuhr fort, sich mit langsamen, entspannten Bewegungen zu waschen. Er sah sie von hinten. Irgendwo musste auch ein Feuer brennen, nur so ließ sich der Schimmer erklären, der ihren Körper in bronzenes Licht tauchte, und vielleicht strich sie sich gar nicht mit Seife, sondern mit Honig ein, sogar zwischen den Schenkeln. Die weichen Linien unter dem Po waren mal tief eingegraben, mal gestreckt. Immer weiter drang ihre Hand. Die Finger, die an irgendeiner für ihn nicht einsehbaren Stelle ihre Reise begannen, tauchten plötzlich unter dem Hintern auf, um dann erneut in der Furche zwischen den Beinen zu verschwinden und dabei einen Blick auf eine kleine, leicht schattierte Wölbung zu gewähren, kompakt wie eine Muschel.

Verschwitzt und benommen schreckte er aus dem Schlaf auf. Kleidete sich rasch an und verließ das Zimmer. Es war tiefe Nacht, das ganze Stockwerk lag im Dunkeln, außer der Küche, aus der durch die angelehnte Tür ein Streifen Licht drang.

Er näherte sich und blickte durch den Spalt: In einen Lehnstuhl gezwängt, die Hände über dem Bauch gefaltet, schlief eine dicke Frau in Schürze. Als er wieder gehen wollte, öffnete sich das türseitige Auge der Frau und fixierte ihn. »Na, haben Sie einen Wunsch?«, fragte sie mit einer Stimme, die nicht verschlafen, sondern im Gegenteil merkwürdig grell klang. »Nein«, stotterte der Mann zögernd. »Kommen Sie rein, stehen Sie doch nicht rum«, drängte die Frau. »Sie können auch hinterher zahlen.«

Santonis Vater zog seine Hose herunter, während sie sich, ohne aufzustehen, zuerst unten freimachte, indem sie Schürze und Rock über den Bauch hochrollte, dann den Schlüpfer auszog. Er unterstützte sie dabei unbeholfen und legte ihn auf einem Schemel ab. Zwischen den Falten der Schenkel schaute eine mit schütteren, glatten Schamhaaren bewachsene Vulva hervor. Er legte sich auf die Frau und drang mit einem starken Hüftstoß in sie ein. Sie gab eine Art Quieken von sich. Der Ofen war noch heiß, und während er stieß und stieß, wusste er nicht recht, ob ihn die Wärme an seinem Hintern störte oder nicht, und derweil waren ihre Augen halb geschlossen und ihr Mund leicht geöffnet.

In einem Winkel an der Decke hing eine fast bis auf den Knochen ausgebeinte Schweinskeule mit Spuren von Schnitten, die an Bisswunden erinnerten, und als er unmittelbar vor dem Orgasmus heiser aufseufzte wie ein Erstickender, blieb sein Blick für einen Moment an diesem Schinken hängen und war immer noch darauf gerichtet, als sie ihre verschwitzte Handfläche auf eine seiner Pobacken presste, die wegen des Ofens und der Anstrengung immer heißer wurden, und ihn, einen lang gezogenen, kehligen Laut ausstoßend, noch einmal kräftig in sich hineindrückte.

Ohne die Morgendämmerung abzuwarten, zog er weiter und ritt unweit von Pesaro, einen kleinen Umweg nehmend, auf die Kuppe eines Hügels. Ein Streifen Sonnenlicht brach aus der verschwommenen Linie des Horizonts. Vor ihm strömte ein dicht mit Reben bewachsener Abhang talwärts. Der symmetrisch und rechtwinklig zum Meer angelegte Weinberg, ins zarte Grün des Austriebs getaucht, kam ihm vor wie ein uraltes, tröstliches Kümmernis. Und so bedeuteten das gelbsüchtige Licht dieser ersten Strahlen – das Teil von etwas war, dem es zwar nicht Vollständigkeit, aber doch zumindest Kontinuität verlieh – und die in diesem Licht erblickten blühenden Hänge und das Wirken einer Menschenhand, die etwas anderes als einen Gewehrkolben angefasst hatte, für den Mann auf dem Hügel eine Reihe von Verheißungen, die, wie er genau wusste, der Zeit nicht standhalten würden, was ihm angesichts dieser Morgendämmerung jedoch nichtig schien.

Er blieb eine Weile dort stehen, ritt dann ins Tal hinab und legte ein Stück zu Fuß zurück, das Pferd neben sich, die Mütze bis über die Augenbrauen gezogen. Nun verlief das Sträßchen geradlinig unter der Sonne, da und dort klammerte sich ein steinernes Haus an einen Hügel, und nur das Muhen der Kühe und das ferne Donnern der Flugzeuge durchbrachen die Stille. Er übernachtete im Freien, in einem geschützten Hain.

Am nächsten Morgen kehrte Santonis Vater zeitig auf die Straße zurück. Er ritt etwa zehn Kilometer und wich nur einmal, als ihm mit hoher Geschwindigkeit ein Lastwagen entgegenkam, ins Gelände aus.

Erst lange nach Mittag gönnte er sich eine Rast, setzte sich auf die Schienen eines toten oder nach Explosionen nicht mehr befahrbaren Bahngleises, das von Unkraut überwuchert und mit alten Kohlerückständen gesprenkelt war. Er verzehrte ein wenig Brot und Käse und einen Limoncella noch vom Apfelbaum zu Hause und trank Wasser aus der Feldflasche. Mit dem Handrücken wischte er Mund und Kinn ab und hob den Blick zur Ruine einer alten, von zwei Bäumen flankierten Festung. Drehte dann den Kopf und sah die Türme und Fabrikschlote einer großen Stadt, die sich unter schräg einfallenden Sonnenstrahlen weit ausdehnte.

Es war die Stadt seiner Demütigung, Bologna, wo in den Wirren und Unruhen der Nachkriegszeit eine Gruppe von Arbeitern mit Beleidigungen über ihn hergefallen war. Er hatte geschworen, nie wieder einen Fuß in die Stadt zu setzen. Aber das schien eine Ewigkeit her zu sein.

Er hielt nach dem Pferd Ausschau. Es hatte sich ein wenig entfernt und war gerade dabei, zwischen den Schienen auf einem Streifen Gras, vor der Kulisse dieser Häuser und Kirchtürme, eine Ladung dampfenden Kot abzusetzen.

Auf einmal war eine Glocke zu hören, die das Ave Maria läutete, und er dachte an seine Frau zurück, die nach drei Tagen hohem Fieber und Delirium gestorben war. Damals hatte er zum zweiten Mal einen Vertreter seiner Spezies um Hilfe gebeten, wieder den Arzt. Der war gekommen und hatte nach einem Blick auf die Kranke gesagt, im vorliegenden Fall sei wohl eher ein Priester als ein Arzt gefragt. Für diese Worte, die er aussprach, als ginge es um die Verschreibung eines Abführmittels, hatte er ihm die Faust ins Gesicht geschlagen. Dass ihm eine Anzeige erspart blieb, verdankte er dem Bruder seiner Frau. Der galt schon damals was, sein Schwager Nelson, der permanent gegen jemanden oder etwas Krieg führte und seinen banalen, bäuerlichen Namen gegen einen fremdländisch anmutenden getauscht hatte. Es war auch Nelson gewesen, der einen Fotografen gerufen und das knapp vierjährige Kind neben der Leiche seiner Mutter mit ihrem eingefallenen Gesicht, dem Kopftuch aus Spitze und den über dem aufgedunsenen Bauch gefalteten Händen hatte posieren lassen. Auf der so entstandenen Fotografie hatte der kleine Guerino ein ausdrucksloses, fast schwachsinnig wirkendes Mondgesicht und sah direkt in die Kamera, neben sich die Mutter, auf der anderen Seite ein Kinderstuhl aus Korbgeflecht. Sein kleiner Baumwollanzug war maßgeschneidert, und an den Füßen trug er Schühchen mit Schnursohlen, nur war niemandem aufgefallen, dass er sie verkehrt herum anhatte und die Spitzen statt nach innen nach außen zeigten.

Ein Flugzeug näherte sich im Tiefflug und warf über Bologna einige Bomben ab. Dichter Rauch stieg auf. Santonis Vater schreckte aus seinen Gedanken auf, erhob sich rasch. Das Flugzeug drehte ab und kam auf die Schienen zu. Er verharrte reglos – einen so kleinen Punkt wie ihn würden sie kaum ausmachen können. Tatsächlich flog die Maschine über ihn hinweg. Die Stadt, an mehreren Stellen getroffen, wirkte zerstört, sich selbst überlassen. Schwer benennbare Gefühle wallten in ihm auf, Anzeichen einer bevorstehenden Veränderung, wie Halsschmerzen vor Fieber. Er fühlte sich matt. Auch Städte schienen einfach so dahinsterben zu können.

Er beschloss, erst einmal die Pistole verschwinden zu lassen. Nach einem Blick rundum warf er die Waffe ein paar Schritte weiter ins Kraut.

In Bologna traf er am späten Nachmittag ein, das Pferd war völlig erschöpft. An einer Kreuzung hielten ihn Deutsche an, er zog den Passierschein aus der Tasche. Der wachhabende Soldat musterte ihn ausgiebig, faltete das Blatt auseinander, wedelte ein paarmal, dass es glatt wurde, rief dann einen Kameraden herbei, der bei offener Tür in einem Lastwagen saß, und befahl ihm, bei Mann wie Pferd eine Leibesvisitation vorzunehmen.

Die Sonne war noch nicht untergegangen, als er die ihm wohlbekannte Piazza Galvani erreichte. Die Fassaden der Palazzi waren von Schüssen durchlöchert, und im Gebäude der Stadtbibliothek gähnte ein riesiger Schlund. Das Haus des Apothekers war zur Unkenntlichkeit verwüstet. Es herrschte ein reges Treiben, die Menschen wollten pünktlich zur Sperrstunde zu Hause sein, ein junger Radfahrer wäre beinahe unter die Hufe seines Pferds geraten. Eine alte Frau trat heran und bettelte um Geld, schwenkte, sogar auf den Zehenspitzen kaum die Höhe des Pferderückens erreichend, ihre runzlige Hand unter seinen Augen. Er verscheuchte sie mit einer schroffen Handbewegung.

Neben einer Arkade stieg er ab und band das Pferd an einer Säule fest. An der Wand lehnten Holzskulpturen von menschlichen Körpern, denen Arme und Beine fehlten, daneben Büsten mit lockigem Haar, Putten, auch ein Kreuz.

»Die Überreste des anatomischen Theaters«, sagte eine Stimme hinter ihm. Santonis Vater drehte sich um. Es war ein gutmütig wirkender Carabiniere mit auffälligem Schnurrbart und einem ansehnlichen Trommelrevolver am Gürtel.

»Ihren Ausweis, bitte.«

Er reichte ihm auch den Passierschein. Der Carabiniere überflog ihn und gab ihn zurück, woraufhin Santonis Vater sich erkundigte, wo er etwas essen und vielleicht die Nacht verbringen könnte.

»Und wo soll das da bleiben?« Der Carabiniere wies auf das Pferd.

»Wo soll es schon bleiben?«, sagte der Mann. »Ich behalte es bei mir.«

»Das geht nicht.«

»Natürlich geht das, ich muss weiter nach Mailand.«

»Damit wollen Sie bis nach Mailand?« Der Carabiniere brach in lautes Gelächter aus.

Zwei, drei Passanten drehten sich flüchtig nach ihnen um und eilten weiter, mit wachen Ohren, den Blick zum Himmel gerichtet. Während der Carabiniere immer noch lachte, stieg der Mann wieder in den Sattel.

Es war inzwischen fast dunkel, als das Pferd den steifen Reiter mit seiner altmodischen Mütze über den Platz trug, auf dem nicht eine Straßenlaterne brannte. Rundum Palazzi voller Schusslöcher, Breschen in den Häuserzeilen, Rauch in der Luft. In einem Moment plötzlicher Stille hallte einzig sein müdes Hufgetrappel auf dem Kopfsteinpflaster wider wie der Vorbote eines Ereignisses, das, wie man fürchtete, früher oder später von sehr weit her, aus den Abgründen der Zeit, eintreffen musste, und einen Augenblick lang sahen alle diesen Mann an. Auch der Carabiniere hatte zu lachen aufgehört und sah ihm nach. Daraufhin ertönte Fliegeralarm. Wenige Sekunden später erinnerte sich niemand mehr an diese Szene.

Er aß in einem Wirtshaus in der Vorstadt zu Abend und fragte den Wirt, wo er das Pferd lassen konnte. Dieser empfahl ihm einen etwas außerhalb gelegenen Bauernhof in der Nähe. Der Mann zahlte und brach auf. Als er vor dem angegebenen Gatter stand, schlugen zwei Riesenköter an. Nach fünf Sekunden ging die Tür des Backsteinbaus auf, im Eingang erschien ein Mann, Doppelflinte im Anschlag.

»Wer bist du?«, fragte er widerwillig.

»Ich muss meinen Gaul irgendwo lassen«, antwortete Santonis Vater.

»Was schert mich das?«

»Ich könnte dir ein paar Lire dafür geben.«

Da ließ der Mann auf der Türschwelle seine Flinte sinken und brachte die Hunde mit einem Befehl zum Schweigen.

Santonis Vater sagte, er plane innerhalb von zwei Tagen zurückzukehren, andernfalls könne er das Pferd als sein Eigentum betrachten. Er möge es gut behandeln, mehr verlange er nicht. Der andere nickte zum Zeichen, dass er verstanden hatte, trat heran, fasste mit der freien Hand die Zügel – in der anderen hielt er eine Öllampe – und zog das Pferd hinter sich her. Es folgte ihm widerstrebend, wurde aber ruhiger, sobald es den Geruch von Heu und anderen Pferden aus der Tiefe des Stalls witterte.

Nach einer kräftezehrenden Nacht, die er wartend am zerbombten Bahnhof von Bologna zubrachte, konnte er am nächsten Morgen bei Sonnenaufgang einen Güterzug Richtung Mailand besteigen. Er versuchte, auf den Holzplanken zu schlafen, aber es war schier unmöglich – Fliegerstaffeln durchschnitten den Himmel, und mehrere Male wurde der Zug wegen falschen Alarms angehalten.

Als er verschlafen und hungrig sein Ziel erreichte, stellte er fest, dass wenigstens das Wetter nicht übel zu sein schien, den Lichtstrahlen nach zu schließen, die die Sonne durch das Glas und die schmiedeeiserne Konstruktion des Mailänder Bahnhofs schickte. Gruppen blutjunger Männer in schwarzen Hemden, mit Baskenmützen und über die Schultern geworfenen Beuteln sangen, während sie warteten, lauthals ihm unbekannte Lieder. Sie waren wahrscheinlich unterwegs, um die Reihen der Republik von Salò zu verstärken. Er musterte sie aufmerksam. Einer erwiderte verdrießlich seinen Blick und spuckte aus.

Draußen vor dem Bahnhof wollte er in eine Straßenbahn einsteigen. Der Schaffner machte einen langen Hals und fragte: »Sind Sie Soldat?« Santonis Vater, einen Fuß schon auf dem Trittbrett, blickte verunsichert. Der andere fuhr fort: »Vorne ist nur für Inhaber eines Abonnements und Soldaten.« Ohne ein Wort ging der Mann ans hintere Ende und stieg dort ein.

Nach einigem Suchen fand er die Kaserne der Feuerwehr, wo sein Sohn, wie er wusste, in einer Fallschirmtruppe ausgebildet wurde. Er sprach einen Offizier an, der ihm mitteilte, der junge Mann befinde sich gerade mit Kommilitonen zusammen in einem Dorf in der Nähe von Bologna. Als er das hörte, verdüsterte sich seine Miene – die ganze Zugfahrt war also umsonst gewesen.

»Falls es Sie interessiert«, sagte der Offizier, der sah, wie abgerissen und erschöpft der Mann war, »in einer Stunde startet ein Wagen mit einer Ladung Rekruten. Sie können mitfahren.«

»In besagtes Dorf?«

»Darauf können Sie wetten«, versicherte der Offizier.

Santonis Vater setzte die Reise auf der Ladefläche eines Lastwagens fort, zusammen mit zwei Offizieren und zehn Milchbärten, die sich über Mädchen und den Krieg und darüber unterhielten, wie sie Letzteren für Erstere und für jenen Einen, den unersetzlichen Oberbefehlshaber, siegreich zu Ende führen würden.

Sein einziger Gedanke war, dass er gerade dieselbe Strecke zurückfuhr, und er fühlte sich abgeschlagen und stumpf vor Müdigkeit. Irgendwann zog einer der beiden Offiziere, sein Sitznachbar, ein gefaltetes Blatt aus der Tasche. Er habe, sagte er zu den jungen Leuten, in der Nacht eine Art Gebet verfasst und wolle es ihnen vorlesen. Mit vor lauter Ergriffenheit brüchiger Stimme legte er, die Ruhe zwischen zwei Schlaglöchern nutzend, los:

Gott unserer Toten, dieser wagemutigen Seelen, die ihr Blut über europäische Landstriche und Pässe, über afrikanische Wüsten und asiatische Steppen vergossen haben, mach, dass ihr Tod einen Sinn hat, sich als richtig erweist, mach, dass sie nicht wie von Räubern niedergestreckte Hunde sind. Mach, dass ihr Tod heldenhaft ist oder wenigstens der Tod eines rechtschaffenen Manns, der Herd und Familie bis zur Erschöpfung, bis zum letzten Atemzug verteidigt hat.

An dieser Stelle zwangen ihn ein Kloß im Hals und vor allem ein heftiger Stoß, eine Pause einzulegen und zu schlucken. Die anderen warteten reglos, gebannt auf die Fortsetzung. Der Offizier las weiter:

Du allein weißt, wie rein unsere Seelen sind und wie groß unsere Hingabe an die Sache des Vaterlands, getreu deinem Erlass und Befehl, der über unsere Heime und Familien niedergegangen ist. Wende dich nicht von uns ab, Vater unser, vergib uns unseren Übereifer, unsere heftige Leidenschaft, denn wir sind deine Geschöpfe, geboren aus deinem Schoß, und du kannst uns nicht ohne Wasser und Seelennahrung in der Wüste aussetzen. Verlang nicht von uns, jetzt aufzuhören, denn in unseren Häusern verlöschen die Herde, vor den Türen stehen die Räuber, unser Blut vertrocknet, aber solange in jedem von uns auch nur ein einzelner Tropfen übrig ist, sammeln wir es, bis sich daraus ein Fluss, ein Meer ergibt, und dann bauen wir uns Ruderboote, Dreiruderer, um geringstenfalls bis zu deinem Altar zu gelangen, dort die Waffen niederzulegen und zu sagen: So, wir sind gekommen, haben nicht aufgegeben, haben unser Blut verloren, um zu dir zu kommen, wir wollen nichts dafür, wir sind bereit, unsere Seelen in dir zu begraben. So sei es.

»So sei es«, sprachen die anderen nach und senkten die Köpfe. Einer machte den römischen Gruß. Santonis Vater saß inmitten dieser jungen Leute, wäre aber lieber anderswo gewesen: bei sich zu Hause im Hof zum Beispiel, unter dem Nussbaum, der Bracke läuft aufgeregt um ihn herum, und er selbst schnitzt etwas, repariert einen Stuhl, sieht in den Himmel, fragt sich, wie viel Zeit ihm wohl noch bleibt.

Der Lastwagen hielt an, der Fahrer klappte die Bordwand hinunter. Ihm war flau im Magen. Er stieg als Letzter aus, hatte das Gefühl, Rücken und Beine gehörten nicht mehr zu ihm. Die Müdigkeit und Anstrengung hatten sich in seinem Körper in regelrechten Schmerzinseln festgesetzt: um den rechten Oberschenkel herum, am Steißbein, an der linken Schulter.

Nach ein paar Schritten stand er vor einer mittelalterlichen Burg, die von einem Wehrturm mit Bogenfries und weiteren Verzierungen überragt wurde. Aus den offenen Fenstern jedes Stockwerks drang fröhliches Stimmengewirr. Er bat einen jungen Mann, der gerade durch einen Nebeneingang eintreten wollte, dem Unterfeldwebel Guerino Santoni zu übermitteln, sein Vater warte draußen auf ihn.

»Leutnant Santoni«, sagte der Bursche.

»Dem Leutnant«, sagte der Mann.

Er stand noch an der Umfriedungsmauer und machte sich Gedanken über die Karriere seines Sohns, als das Hauptportal aufging und auf der Schwelle ein zackiger junger Mann erschien, uniformiert, mit etwas fleischigen Lippen unter einem kurz gestutzten, schmalen Schnurrbart. Er trug eine bestickte Baskenmütze, und auf dem Kragen prangte ein silberner Gladius. Nach einem Blick nach rechts und dann nach links entdeckte er seinen an die Mauer gelehnten Vater, und auf seinem Gesicht machte sich ein überströmendes Lächeln breit. Rasch eilte er auf ihn zu.

»Papa«, sagte er und wollte ihn stürmisch umarmen. Doch der Mann wich einen Schritt zurück, holte mit seiner großen, schwieligen Hand weit aus und verpasste dem Sohn eine saftige Ohrfeige. Der Knall, der an das Platzen eines während langer Zeit starkem Druck ausgesetzten Schlauchs erinnerte, blieb einen Moment in der Luft.

Aus den Fenstern schallten immer noch fröhliche Rufe, jemand stimmte ein Lied an. Eine Achse mit Rad stand an der Mauer, zwischen Vater und Sohn. Der Erste fühlte das Blut in seiner Hand pulsieren, der Zweite sah seinen Vater feindselig an, blieb aber reglos stehen. Auf der betroffenen Gesichtshälfte war vom Ohr her eine Rötung zu sehen.

Ohne ein Wort zu sagen, Tränen in den Augen, trat der junge Mann den Rückzug an. Der Vater wäre ihm seinerseits am liebsten nachgelaufen, um seinen Kopf zu umfassen, ihn in einer engen Umarmung zu vergraben. Wie damals, als seine Mutter gestorben war und er dem Kind in seiner Verlegenheit mit der Hand Augen und

Nase zugedeckt hatte und dann, weil er sah, dass die Ohren noch hervorschauten, seinen Kopf zwischen die Arme genommen und ihn mit seinem massigen Körper fast vollständig umschlossen hatte. Diesmal unternahm er nichts.

Der junge Mann war in der Burg verschwunden. Nur die Achse mit dem Rad hob sich immer noch dunkel vom ausgebleichten Gemäuer ab.

Als er beim Bauern sein Pferd wieder abholen wollte, brachte dieser erst die beiden Hunde zum Schweigen und teilte ihm dann mit, er hätte es am Morgen beim Stallöffnen tot vorgefunden. Santonis Vater bat darum, es zu sehen – eine auf die Seite gekippte knubbelige Masse aus Knochen und Rosshaar, die Beine lang und steif, die Hufe gespalten. Für den Sattel bekam er ein paar Lire. Er verbrachte die Nacht dort, in diesem Stall, auf einem Haufen Streu ausgestreckt.

Zweimal schreckte er aus dem Schlaf auf. Das erste Mal, weil er das Gefühl hatte, jemand riefe in tiefster Nacht nach ihm. Er setzte sich auf, horchte, aber außer den Pferden war niemand da. Nur mit Mühe konnte er wieder einschlafen, und es waren kaum zwei oder drei Stunden vergangen, da sprang er erneut auf, fluchtbereit und überzeugt, im Stall wäre ein Feuer ausgebrochen, dabei handelte es sich nur um das Geratter eines in der Nähe durchfahrenden Zuges. Er verließ den Ort mit dem ersten Licht der Morgendämmerung.

Die Rückfahrt war Improvisation: Er fuhr auf Holz- und Viehtransportern, Ochsenkarren. In der Nähe von Teramo verkündete ein Händler am Steuer eines Lieferwagens, die Alliierten stünden schon vor den Toren Roms, und die Deutschen seien auf dem Rückzug.

Am Tor empfing ihn der Bracke, mit einer Verletzung am Fuß, und als er auf der Tenne eine Patronenhülse fand, begriff er, dass jemand auf den Hund geschossen, eine Kugel ihn gestreift hatte. Die Hühner waren weg. Nur der Hahn war noch da, mit gerupftem Bürzel, einer einzigen grauen Feder, die jeden Moment abfallen konnte.

Im Haus stieß er in beiden Stockwerken überall auf dreckige Stiefelspuren.

Er ging wieder hinaus in den Hof, zur Bank unter dem Nussbaum. Setzte sich hin. Nach einer Weile kam der Bracke angehumpelt. Ließ sich vor seine Füße fallen, zog die Pfoten unter die Schnauze und stellte sein Gewinsel ein.

3.

Der Onkel

Nelson hatte geantwortet, das Schicksal sei nur eine glückliche Erfindung von Hausmütterchen und Priestern, man müsse sich die Konstruktion aus Zufall und gutem Riecher, die das Leben darstelle, schon selbst zusammenbauen. Das war damals gewesen, als er seine im Sterben liegende Schwester aufsuchte und der Schwager ihn mit fahlem Gesicht auf der Außentreppe empfangen und etwas von Schicksal gestammelt hatte.

»Wie wenn man dir eine Suppe bringt, aber keinen Löffel dazu«, sagte er, während er auf dem Treppenabsatz eine Toscano anschnitt. »Und du sitzt nur mit großen Augen da, statt dass du gehst und dir einen besorgst. Oder sie halt aus dem Teller schlürfst.«

»Was hat das mit dem Zustand deiner Schwester zu tun?«, fragte der Schwager.

»Klar, das Schicksal will, dass du die Suppe gar nicht oder kalt isst«, antwortete Nelson, als wäre das die naheliegendste Antwort, und zog so fest an der Zigarre, dass seine sauber rasierten Wangen sich tief eingruben.

Er kam gerade von einer Treibjagd, als er erfahren hatte, dass es mit seiner Schwester zu Ende ging. Ohne sich umzuziehen, war er zu ihr geeilt, mitsamt dem

Gewehr, das jetzt mit dem Lauf nach oben in einer Ecke am Geländer lehnte.

»Drück dich wie ein normaler Mensch aus«, sagte der Schwager. »Deine Schwester liegt im Sterben und du kommst und schwafelst von Suppe.«

»Gut.« Nelson machte die Toscano aus, blies noch einmal und legte sie in die silberne Zigarrendose zurück. »Wo ist der Kleine?«

Der Schwager schaute über den Hof und rief nach Guerino. Das Kind kam hinter dem Stall hervor, gefolgt vom Bracken. Zerzaustes Haar, schmutzige Schuhe, Spritzer bis auf die kurzen Hosen hinauf, stolpernd und lachend. In der Hand hielt er einen Apfel, von dem er schon ein paarmal abgebissen hatte. In der Hofmitte blieb Guerino stehen und sah nach oben.

Als er den Mann in Jagdrock und Gummistiefeln neben seinem Vater sah, rief er: »'kel Nesso!« Eine Weile verharrte er so, den Kopf in den Nacken gelegt, während der Hund ihn wedelnd umkreiste. Dann riss er mit dem Mund den Stiel aus dem Apfel und kaute mit der ganzen Kraft seiner kleinen Zähne auf ihm herum.

Der Onkel lächelte ihm von oben zu. Er hielt seinen Kiefer mit dem kurzen, runden Kinn, dem schmalen Mund leicht nach vorne gereckt wie eine Faust, und wenn er lächelte, dachte man an die weißen Knöchel gekrümmter Finger. Um das makellose Mittelstück aus Zähnen zeigten sich unzählige kleine Vertiefungen und Fältchen.

»'kel Nesso«, rief das Kind noch einmal und stolperte auf die Treppe zu. Nelson löste sich vom Geländer, sauste treppab bis auf die unterste Stufe, wo er den Neffen mit beiden Armen hochzog. Dieser strampelte mit den Beinchen und den schmutzigen Schuhen, die Überreste des Apfels fielen ihm aus der Hand, der Hund sprang um ihn herum und versuchte, seine Füße zu erhaschen. Guerino quietschte vor Vergnügen.

Seinen vorgestreckten Kiefer zu einem Lächeln breit gezogen, trug Nelson ihn die Treppe hoch, und oben sagte der Vater, der reglos auf dem Absatz stand: »Probier mal, ob er mit dir hineingeht.«

Aus der angelehnten Tür in ihrem Rücken drang ein klagender Laut, gefolgt von einem lang gezogenen Röcheln. Die beiden Männer erstarrten, lauschten, warteten auf etwas. Das Kind befreite sich fröhlich aus den Armen des Onkels und machte ein paar Schritte auf das Gewehr in der Ecke zu.

Jahre später würde Guerino, wenn er an die Kindheit zurückdachte, diesen Tag als seine erste Erinnerung, als Zäsur, als Eintritt ins Leben und so weiter beschreiben, und zwar nicht so sehr, weil seine Mutter kurz vor der Morgendämmerung gestorben war und er sie gesehen hatte, als vielmehr wegen dieses Tête-à-tête mit dem Gewehr des Onkels.

Alles, was zu einer solchen Szene gehörte, war da – die beiden Männer, die wie Jäger am Waldrand mit gespitzten Ohren lauerten, die klagenden Laute eines wilden Tieres, das sich im Zimmer krümmte und wand und jeden Moment aus dem Dunkel, gleichsam aus dem Dickicht auftauchen konnte, und das geladene Gewehr, das diesen einen Schuss abfeuern würde, der nötig war, um es zur Strecke zu bringen.

Es war ein wenig größer als er und zeigte nicht genau nach oben, sondern leicht zur Seite, auf eine große, graue Wolkenmasse. Man merkte aber, dass das nicht seine richtige Position war, wie beim Bracken, wenn er sich auf die Hinterpfoten stellte und Guerino wusste, dass seine echte Art, sich auf der Erde aufzuhalten, eine andere war. Ähnlich war es auch mit diesem Gewehr, das nur dann wirklich es selbst war, wenn jemand es in Anschlag nahm. Und dieser jemand konnte nur sein Onkel Nelson sein.

Das Gewehr war englisch, ein Purdey, mit einem Kolben aus Bruyèreholz und darauf einer Gravierung im Stil japanischer Drucke, zwei Wachteln, die im Schilfrohr gerade zum Flug ansetzen, und darunter in silbernen Lettern der Firmenname (Purdey & Sons). Er betrachtete es gierig, und im Laufe der Jahre würde er immer überzeugter davon sein, dass zwischen dem Purdey des Onkels und dem plumpen, stets auf dem Gewehrständer seines Vaters abgestellten Allerwelts-Breda ein Unterschied bestünde, der nicht minder groß war als jener zwischen einem Gewehr im Vordergrund einer gemalten Jagdszene und einem richtigen Gewehr, wie dort eines stand, ein wenig größer als er und mit Wachteln darauf, die schon hoffnungslos verloren waren, bevor sie überhaupt jemand entdeckte und ins Visier nahm.

Der Onkel packte ihn von hinten, nahm ihn auf den Arm und überschritt mit ihm zusammen die Schwelle ins Zimmer. Das einzige Fenster war verdunkelt; im schwachen Licht einer Kerze saß neben dem erhöhten Bett eine alte Bäuerin. Sie presste eine feuchte Gaze an die Stirn der jungen Frau, die sich unruhig unter dem Laken bewegte. Die Wimpern über den geschlossenen Augen der Kranken gingen in lang gezogene Schattenfäden über, sodass man denken konnte, jemand hätte ihre Lider aneinandergeschoben und zusammengenäht.

Als das Kind zu schreien anfing, bewegten sich die

Augen der Frau. Zuerst ging nur eines auf, ganz langsam, mit verschleimten Lidern und Wimpern und einer Pupille, die aussah wie eine alte, verstaubte Silbermünze. Die Kranke drehte den Kopf zur Tür und streckte dem Mann und dem Kind unter größter Anstrengung einen mageren Arm entgegen. Die alte Bäuerin hielt ihr weiter die Gaze an die Stirn und brabbelte zahnlos Gebete.

Die Flamme auf dem Nachttisch erzitterte in der Zugluft, die durch die Tür drang. Das Kind schrie noch lauter und zappelte, um dem Griff des Onkels zu entkommen. Dieser versuchte es zurückzuhalten, sah immer wieder zum Schwager hinüber, der wortlos auf der Schwelle erschienen war und die Augen nicht von seiner Frau abwenden konnte, die den Kopf nun leicht vom Kissen erhob. Sie schien etwas sagen zu wollen, gab aber bloß ein Röcheln von sich.

Guerino konnte sich befreien, rutschte an den Beinen des Onkels zu Boden und schlüpfte zwischen Türpfosten und den Stiefeln des Vaters auf den Treppenabsatz hinaus, flitzte dort zum Gewehr, richtete den Lauf, ohne es hochzuheben, auf das Zimmer, auf das wilde Wesen, das sich dort hinein, ins Dunkle, verkrochen hatte und keine Absicht zeigte, sich demnächst zu verziehen.

Die beiden Männer sprangen los, der Onkel überholte den Vater und erreichte den Jungen als Erster. Er stürzte sich auf ihn, riss ihn vom Gewehr weg und verpasste ihm zwei kräftige Schläge auf den Hintern. Dann wandte er sich an den Schwager:

»Ich fürchte, meine Schwester wird die Morgendämmerung nicht mehr erleben. Ich lasse morgen einen Fotografen kommen.«

»Einen Fotografen?«, fragte dieser zurück.

»Der arme Bengel«, Nelson senkte den Blick auf Guerino, den er mit festem Druck auf die spitzen Schlüsselbeinknochen festhielt, »muss doch eine Erinnerung an seine Mutter haben.«

»Ich hole den Arzt«, sagte der Schwager und ging zur Treppe.

Nelsons Goldring fand Eingang ins Geschehen, als er dem Fotografen den besten Blickwinkel zeigte und gleichzeitig den Neffen anwies, still zu stehen. Er war den ganzen Vormittag in seinen glänzenden Stiefeln herummarschiert, und das Kind hatte den Eindruck gewonnen, der Onkel hätte mehr als zwei Schuhe – überall, wo er sie hinsetzte, hinterließen sie Abdrücke, die allein schon das ganze Zimmer ausfüllten und die anderen davon abhielten, dort durchzugehen.

Der auf diesem Foto festgehaltene Blick ruhte nicht auf etwas Bestimmtem, nicht auf dem aufgedunsenen Körper und dem knochigen Gesicht der Toten und schon gar nicht auf den verkehrt herum angezogenen Schuhen des Kinds, sondern war an der blassen rechten Hand hängen geblieben, die plötzlich von links aufgetaucht war und in einem auf die Tote oder das Kind oder beide gerichteten Zeigefinger endete, wie ein hervorstehender Nagel. Auffällig war auch der Goldring am kleinen Finger, dessen niellierte Oberseite nach unten, auf die im Bild nicht sichtbaren Stiefel zeigte. Es machte den Eindruck, als wäre es bei diesem Foto um Abwesendes gegangen: die Mutter und der verlorene Gesichtsausdruck des Kleinen, die Schuhe des Onkels. Etwas Ähnliches erwähnte auch der Fotograf, als er das Geld einsteckte und mit seinem Stativ und der schweren Umhängetasche auf das Einfahrtstor zuging.

»Sonderbar«, sagte er, »als hätten die Dinge sich der Kamera verweigert.«

»Papperlapapp«, antwortete Nelson. »Nur Kleinkinder lassen sich so vom Tod beeindrucken.«

»Natürlich, natürlich«, sagte der Fotograf beinahe entschuldigend, streckte den schwer beladenen Arm zum römischen Gruß aus und machte sich eilig davon.

Der Onkel brachte Guerino insgesamt zweimal zum Weinen. In beiden Fällen war es so, als ginge eine Schleuse auf und gleich wieder zu, wobei die aufgehaltenen Strudel in kürzester Zeit verdunsteten, ohne irgendeine Spur zu hinterlassen. Zumindest, falls nicht schon die Entscheidung selbst, nie wieder an diese Fluten zu denken, eine Spur darstellte.

Eines Tages kam er mit einem Äffchen an der Leine daher. Ein Bekannter, der Jahre zuvor ohne eine Lira in der Tasche ein Schiff bestiegen hatte, um sein Glück auf anderen Kontinenten zu suchen, war mit diesem Geschöpf in der geräumigen Tasche seiner Arbeitshose zurückgekehrt. Nur der Ringelschwanz hatte herausgeschaut, wie ein umgekehrtes Fragezeichen. Später hatte er es in der Osteria gegen eine Korbflasche Wein eingetauscht.

Als der Schwager, die Axt in der Hand, es erblickte, sagte er: »Was sollen wir mit diesem Viech?«

»Es ist für ihn«, antwortete Nelson und deutete mit dem Kopf auf das Kind, das in ihrer Nähe stand.

Guerino konnte den Blick nicht von dem langen Schwanz abwenden, der, als der Bracke herbeilief und zu knurren anfing, auf einmal erzitterte und sich um das Handgelenk des Onkels wickelte.

»Ich habe es Carolina getauft«, sagte Nelson, »so hieß das Füchslein, das deine Mutter und ich hatten, als wir so alt waren wie du.«

Der Schwager wandte sich wieder seinem Holz zu. Guerino trat vorsichtig heran, beschwichtigte den Hund und streichelte das Äffchen, zauste ihm den flaumigen Schopf. Dann nahm er es auf den Arm und lächelte. Auch rund um den Mund des Onkels tauchten Fältchen auf.

Inzwischen war beinahe ein Jahr vergangen. Carolina lebte in einem Holzkäfig unter dem Vordach, sprang herum, schaukelte an einer Stange. Wenn die Arbeit es zuließ und der Vater gut gelaunt war, banden sie den Hund fest und ließen das Äffchen frei.

An jenem Oktobertag wurde der Jahrestag des Marsches auf Rom gefeiert. Nelson tauchte frühmorgens mit drei Kameraden auf, blitzblank herausgeputzt, den schwarzen Fes leicht schräg auf den Kopf gesetzt. Er sei gekommen, sagte er zum Schwager, um ihn an die Feier mitzunehmen, diese Distanz allem gegenüber sei nicht gut, wenigstens dem Jungen zuliebe solle er mitfahren, der sei nun in einem Alter, in dem er mehr denn je ein Vorbild brauche. Der Schwager hörte sich das an, verwies dann auf die viele Arbeit, die an diesem Tag auf ihn wartete. Drehte sich um und rief den Sohn.

Guerino erschien auf dem Treppenabsatz und sagte mit heller Stimme: »Ich komme gleich, Onkel.«

Nelson begann den Kameraden von den schulischen Erfolgen seines Neffen zu erzählen, das Patronat hatte ihm für ein grandioses Gedicht *(Wie könnte man anders, als dich lieben, o Duce)* eine Goldmedaille und die

Ehre zugestanden, die Parade zu eröffnen, aber die drei waren so gebannt vom Geschrei des Äffchens im Käfig, dass sie ihm nicht zuhörten.

»Ah, das ist unsere Carolina«, sagte er, trat zum Vordach und forderte die anderen auf, ihm zu folgen. Er öffnete die Tür und streckte den Arm aus, um es herauszunehmen.

Als der Neffe in schwarzem Hemd, kurzer Hose und mit einem kleinen Fes auf dem Kopf in den Hof kam, sah er den Onkel und seine Kameraden vor dem Käfig stehen. Alle lachten, gaben sich das Äffchen von einem Arm zum nächsten weiter. Es machte Verrenkungen und Faxen. Sprang von Schulter zu Schulter, bis es zu Nelson kam, der es vorsichtig in Empfang nahm und ihm scherzhaft einen Klaps auf die Wange gab. Carolina wollte nach der Quaste greifen und ihm auf den Kopf klettern, doch der Mann konnte es noch rechtzeitig aufhalten und überzeugen, sich mit der linken Schulter zufriedenzugeben, wo es sich hinhockte, mit den Augen kullerte und an einer Kastanie zu knabbern begann.

Der Schwager war im Geräteschuppen beschäftigt, man hörte das Geklirr von Werkzeug, etwas wurde verschoben, die Hühner gackerten, die Kameraden lachten, bis auf einmal Nelson einen Schwall Flüche ausstieß. Er versetzte dem Äffchen einen kräftigen Stoß, es purzelte hinunter und gab im Davonlaufen merkwürdige Laute von sich.

Der Junge stand vor den uniformierten Männern und versuchte zu begreifen, was passiert war. Der Onkel hielt den Kopf gesenkt und untersuchte die linke Schulterklappe, von der aus sich ein langer feuchter Fleck bis zum Totenkopf am Kragen zog, wo es zähflüssig gelb hinuntertropfte.

»Dieses Mistvieh«, presste Nelson hervor und sah die Kameraden an, die nicht recht wussten, wie sie reagieren sollten. Einer lächelte, der zweite blickte zum Tor oder zum rauschenden Bach hinüber, der dritte – der Dalmazio hieß und sich als seinen besten Freund betrachtete – sagte: »So kannst du natürlich nicht auf die Parade.« Einer zertrat die Kastanie, die ihnen vor die Füße gefallen war, aber niemand achtete darauf.

Nelson stand da, kein Muskel regte sich. Eine Augenbraue, beinahe weiß aufgrund einer Pigmentstörung, pulsierte ganz leicht. Ansonsten wirkte er, als hätte er die Sache hingenommen, als würde sie ihn gar nicht mehr sonderlich kratzen. Doch so, wie ein Fließgewässer manchmal stillzustehen scheint, bis ein Blatt darauffällt und sein schnelles Treiben auf dem Wasser eine Vorstellung davon gibt, dass sich hinter Stillstand oft nur eine andere Form von Aktivität versteckt, so hatte auch das pausenlose Zittern dieser Augenbraue eine Bedeutung. Und den Jungen, der dies als Einziger einordnen konnte, durchfuhr ein Schreck. Noch bevor der Onkel sich rührte, rannte er los, auf das Äffchen zu, das zur Tenne gelaufen war und sich dort verträumt umguckte.

Zu spät, Nelson schritt zügig aus, gewann rasch an Boden. Bald war er am Neffen vorbei, packte entschlossen das Äffchen und steuerte unter den bestürzten Blicken der anderen auf das Einfahrtstor zu, marschierte hinaus und Richtung Bach. Alles war vergebens, Guerinos hysterisches Weinen, die Bemühungen des Freundes Dalmazio, der ihm, von den beiden Kameraden gefolgt, nachrannte, die Verwünschung des Schwagers von der Schwelle des Geräteschuppens aus.

Schüsse hallten, einer nach dem anderen, fast ein ganzes Magazin. Dann rasche Schritte und aufgeregte Worte. Kurz darauf wurde das Auto angelassen, in dem sie hergekommen waren, Türen schlugen. Die dunkle Rauchfahne, die sie im Wegfahren hinterließen, schwebte Richtung Tor, zerfaserte zwischen den Gitterstäben und löste sich dann ganz auf.

Das zweite Mal, dass Nelson ihn zum Weinen brachte, war fünf Jahre später.

Zunächst dachten sie an den Nachbarn mit der Dreschmaschine, als sie, Vater und Sohn auf der Tenne, je eine Heugabel in der Hand und mit dem Aufreihen von Garben beschäftigt, das Dröhnen eines Motors hörten, der vor der Einfahrt verstummte.

»Ich mache hier fertig«, sagte der Vater und trank einen Schluck Wasser aus der Flasche. »Geh und sieh nach.«

Guerino legte die Heugabel ab, wischte sich mit der Hand über die schweißnasse Stirn und ging zum Tor hinunter.

Es wurde immer wärmer, auch wenn die Sonne noch nicht glühte. Als er sah, dass jenseits der Einfahrt nicht die klapprige Dreschmaschine des Nachbarn stand, sondern ein Auto, das er bloß vom Hörensagen kannte, mit geschwungenen Linien und in der Sonne funkelnden, verchromten Zierleisten, hielt er inne. Ein Topolino.

Die gegenüberliegende Tür ging auf, der Onkel stieg auf das Trittbrett, breitete die Arme über dem Verdeck aus und sagte: »Na, was sagst du dazu?«

Der Junge konnte die Augen nicht vom Auto lassen, er berührte den leicht gewölbten Kofferraum, begutachtete den hinten montierten Ersatzreifen. Der Onkel setzte sich wieder ans Steuer und lächelte zufrieden. Statt der üblichen Uniform trug er diesmal ein kariertes Flanellhemd. Sein Arm mit dem hochgekrempelten Ärmel ragte aus dem Fenster. Eine noch nicht angezündete Toscano hing ihm aus dem Mundwinkel und schlug wie die Schwanzfedern eines Vogels aus, als er zum Neffen sagte: »Machen wir einen kleinen Ausflug?«

Der hatte sich noch nicht am Auto sattgesehen, und auch nicht am Onkel, und erst, als er beide aus unterschiedlichen Distanzen eingehend betrachtet hatte, gelang es ihm, die beiden in einen Zusammenhang zu bringen, festzustellen, dass Nelson tatsächlich bestätigtermaßen ein echter Mann war, sozusagen eine Medaille trug. Unter gleichen Umständen, um Alter, Erfahrung und alles Weitere bereinigt (wäre der Onkel ein paar Monate früher zur Welt gekommen, hätte auch er am Ersten Weltkrieg teilgenommen), würde der Onkel immer mehr Mann sein als der Vater, aber nicht so, wie in einem Molosser mehr Hund steckt als in einem Spaniel, sondern so, wie Gold Gold ist, während Talmigold zwar aussieht wie Gold, aber keines ist. Nun zündete der Onkel auch seine übliche Toscano an und krönte oder besiegelte mit dem Feuer dieses Gefüge aus Auto, Mann und Zigarre.

Als Guerino endlich zu einer Entscheidung gelangte, richtete er seine Frage eher an die brennende Zigarre als an Nelson: »Sollte ich nicht zuerst ihn um Erlaubnis bitten?« Er deutete hinter sich.

Im ersten Moment hatte er den Eindruck, die Antwort käme vom Auto und nicht vom Onkel, der sich zur Beifahrertür hinüberlehnte und sie aufspringen ließ, um gleich wieder in die vorherige Position zurückzukehren und dem Neffen direkt in die Augen zu sehen. Guerino wich dem Blick aus. Der Anblick der weißen Augenbraue brachte ihn immer noch aus dem Konzept. Unterdessen hatte sich die Zigarre in die Mundmitte verschoben, ohne dass der Mann etwas dafür getan hätte, oder vielleicht war es beim Öffnen der Tür geschehen.

»Na, kommst du nun, oder müssen wir immer erst ihn fragen?«, sagte er schließlich und deutete mit Kinn und Zigarre auf das Tor. »Du bist jetzt alt genug.« Zuvorderst an der Asche glühte ein kleiner Punkt auf und verlöschte sofort wieder. Guerino zögerte.

»Wie alt genau?«

»Sechzehn.«

»Eben. Los, steig ein.«

Guerino fuhr zusammen, machte einen Hopser zur Tür, stieg ein und zog sie ziemlich energisch zu.

Das Auto wendete und entfernte sich lärmend über den Schotter. Der Vater sah ihnen von oben nach, mit seinem Hut und den Drillichhosen, an denen sich überall Ähren verhakt hatten, neben ihm der Bracke.

Sie begegneten dem Nachbarn, der ihnen mit drei Männern und der Dreschmaschine hinter dem Traktor entgegenkam. Die drei Bauern waren gemächlich zu Fuß unterwegs, einer hielt einen dünnen Ast in der Hand, als wollte er eine Kuh auf die Weide treiben. Michele saß auf dem Traktor. Er war der Einzige, der sich beim Anblick des vorbeirauschenden Autos nicht mit der Hand Schatten gab.

Guerino lehnte sich aus dem Fenster und winkte durch die Staubwolke.

Nelson bog in die Staatsstraße Richtung Meer ein und hielt vor einem der ersten zweistöckigen Häuser wieder an, an dessen Fassade die Feuchtigkeit Zeichnungen hinterlassen hatte. Sie wurden von einer jungen Frau mit im Nacken zusammengebundenem, blondiertem Haar empfangen. Ihr ärmelloses, geblümtes Kleid aus leichter Baumwolle hatte sie in der Taille mit einem breiten Ledergürtel zusammengebunden.

»Ich habe dich früher erwartet«, sagte sie zu Nelson und sah den Jungen an.

»Das ist mein Neffe«, antwortete Nelson.

Die Frau lächelte und forderte sie mit ihrem Blick auf, einzutreten.

Es gab Pasta mit Entensugo. Der Onkel saß am Kopfende des Tischs, neben sich die Frau mit den etwas wabbeligen nackten Armen, die sich flink über das Tischtuch bewegten, um dem Mann bald das Salz, bald den Käse zu reichen.

Guerino hatte sich der Frau gegenüber hingesetzt und kaute still, mit gesenktem Kopf, nur zwischendurch hob er den Blick auf das kleine Mädchen mit zwei blonden Zöpfen und einer Nase voller Sommersprossen, das neben der Mutter saß.

Das Kind konnte sich weder entschließen, wie es auf dem Stuhl sitzen noch wie es die Gabel halten sollte: Es rutschte ein wenig nach vorne, dann wieder nach hinten, packte die Gabel, um sie sofort wieder hinzulegen. Als es seine Position auf dem Stuhl endlich gefunden und die Gabel zur Hand genommen hatte, dauerte es fast eine Minute, bis es ein Makkaroni aufgespießt und unter größter Mühe, in einer unaufhörlichen Zickzackbewegung, auf die Höhe des bereits geöffneten Munds geführt hatte.

Im ersten Moment hielt Guerino es für ein Spiel,

aber am konzentrierten, starren Gesichtsausdruck des Mädchens erkannte er, dass er sich irrte. Es war, als bewegte jemand anderes seinen Körper und seine Hand, spiele ihm böse Streiche. Hin und wieder sah die Mutter zu ihrer Tochter, als wollte sie sich vom erfolgreichen Ausgang ihres Kampfs gegen die Dinge überzeugen, dann wandte sie sich wieder Nelson zu oder fragte nach einem prüfenden Blick auf Guerinos Glas: »Noch ein wenig Wein?«

Als sich die Frau später auf die Zehenspitzen stellte, dem Onkel etwas ins Ohr flüsterte und ihn in ein Zimmer führte, blieb Guerino auf dem Sofa sitzen. Durch die offenen Fenster drang eine schwüle Sommerhitze. Tief versunken im grünen, an den Armstützen und der Rückenlehne etwas ausgebleichten Samt des Sofas, öffnete er ein paar Knöpfe an seinem Hemd.

Das Mädchen saß auf dem Teppich, die Beine unter ein gelbes Baumwollkleid mit roten Blümchen gezogen. Vor ihm lagen weiße Blätter und Farbstifte. Aus dem Nebenzimmer drangen die tiefe Stimme des Onkels und das Lachen der Frau. Das Mädchen wollte anscheinend einen Ball malen: Die Hand bewegte sich verkrampft Richtung Blatt und wieder zurück und wieder Richtung Blatt, bis es ihm schließlich gelang, einen Halbkreis zu ziehen, der sich allerdings einrollte wie eine Schnecke in ihr Häuschen.

Die beiden tauchten auf, als das Mädchen zwei blaue und einen roten Ball geschafft hatte und gerade angestrengt einen gelben in Angriff nahm. Die Mutter ging ohne hinzuschauen an ihm vorbei und begleitete den Onkel und den Neffen zur Tür.

Auf der Schwelle küsste sie Nelson, gab Guerino die Hand und sagte: »Kommen Sie wieder einmal.« Ihr

Kleid war auf Kniehöhe leicht zerknittert, an ihrer Stirn klebte eine blonde Locke. Er lächelte sie an, wusste aber nicht, was er antworten sollte. Bevor die Tür zuging, sah der Junge durch den kleiner werdenden Spalt noch die Zöpfe und den gekrümmten Rücken des ganz in seine bunten Bälle vertieften Mädchens.

Als sie wieder losfuhren, stand die Sonne schon tief. Eine frische Meeresbrise drang durch das Autofenster, zersauste das Haar und trocknete den Schweiß. Sie fuhren die Staatsstraße zurück und hinauf in die Stadt. Vor einer Bar im Zentrum trat Nelson auf die Bremse. »Ich bin ein wenig durstig geworden«, sagte er.

Entlang der Straße sammelten sich schon schaulustige Grüppchen von Kindern und alten Männern. Der Fliegenvorhang wurde zur Seite geschoben, und auch von dort verfolgten mehrere Gesichter Nelsons Bewegungen – wie er die Autotür öffnete, ausstieg, sich umsah. Als er dann vom Neffen flankiert auf den Vorhang zusteuerte, zogen sich mehrere Gesichter in die dunkle Tiefe des Lokals zurück. Ein paar alte Männer, die schläfrig und von der Sonne benommen den Eingang umlagerten, grüßten ihn mit einem Nicken und wichen nach links und rechts zurück, um ihn durchzulassen.

Weit ausholend schob er den Vorhang zur Seite und schritt, vom Jungen gefolgt, ins Lokal. Warf einen Blick in die Runde und richtete einen Gruß an die Anwesenden. Ein Teil der Gäste grüßte andeutungsweise und unterwürfig zurück. Der untersetzte, pockennarbige junge Kellner nahm Haltung an, machte, einen Lappen in der anderen Hand, den römischen Gruß und fuhr dann fort, den Tisch abzuwischen. Aus einem Hinterzimmer drangen Radiostimmen. Noch bevor er einen

Tisch ansteuerte, bestellte Nelson beim Kellner eine Flasche Moscatello.

Um einen Tisch in der Ecke saßen und standen, teils mit verschränkten Armen, ein halbes Dutzend Männer. Hin und wieder drehte einer den Kopf, lehnte sich vor oder zurück, um zu ihnen hinüberzusehen.

»Vor ein paar Jahren, da habe ich denen eine hübsche Lektion erteilt«, sagte der Onkel, der breitbeinig dasaß, die weiße Augenbraue angespannt.

»Denen da?«, fragte Guerino verschwörerisch, rutschte auf dem Stuhl ein wenig nach vorne und gab sich Mühe, nicht in ihre Richtung zu schauen.

»Dort.«

»Aha.« Der Junge konnte nicht widerstehen und warf der Gruppe einen flüchtigen Blick zu.

Der Kellner stellte die Flasche und zwei Gläser auf den Tisch. Vom Radio her waren nun ferne Geigenklänge zu hören. Nelson schenkte Wein ein und schob eines der Gläser vor die Hand des Neffen, die träge auf dem Tisch ruhte. Guerino achtete kaum darauf, so gespannt war er auf die Fortsetzung.

»Was haben sie denn gemacht?«

»Sie?«, sagte der Onkel und trank. »Nichts.«

»Nichts?«

»Was hätten sie schon tun sollen?« Nelson hob das Glas, musterte es im Gegenlicht. »Sie haben den Schwanz eingezogen.« Er stürzte den Inhalt hinunter und stellte das Glas ab.

Der Junge sagte nichts mehr. Nun erhoben sich drei oder vier Männer vom Tisch in der Ecke und gingen zur Tür, ohne Onkel und Neffen eines Blicks zu würdigen. Das Radio war nun leiser gestellt, man hörte nur noch ein fernes Summen. Dann sagte jemand in der dezimierten Gruppe halblaut und ohne dass klar war, auf wen bezogen: »Dieser Hund!«

Nelson schien nicht darauf zu achten und schenkte sich Wein nach.

Ein Augenblick der Stille folgte.

»Erzählst du mir noch einmal von damals, als ihr nach Rom gegangen seid?«, fragte Guerino plötzlich und trank ebenfalls.

»Ach, das ist schon fast siebzehn Jahre her.«

»Dalmazio war auch dabei, oder?«

»Wir haben uns dort kennengelernt. Er war ungefähr in deinem Alter.«

»Wirklich?«

»Ja, aber mir ist heute nicht nach Erzählen«, sagte Nelson und schüttete den Rest der Flasche in Guerinos Glas. »Lass uns austrinken und gehen.«

Der Kellner wehrte mit beiden Händen ab und wollte kein Geld annehmen. Die Männer am anderen Tisch blickten nicht auf. Der Onkel ging zur Tür, der Neffe folgte ihm. Aus dem Radio ertönte inzwischen der Gesang einer Frauenstimme, und im Hinausgehen hörte der Junge als Letztes noch: Non è niente, sai, la vita mia per me ...

Auf der Straße sahen sie eine Schar Kinder, die das Auto von allen Seiten in Augenschein nahmen: Manche betasteten die Scheinwerfer, andere überzeugten sich mit kurzen Tritten an die Reifen von deren Festigkeit. Nelson, schon bei der Fahrertür, schnauzte sie an.

Es war die Zeit kurz vor der Vesper. Der Brunnen gegenüber der Kirche wirkte wuchtig, wie mit Licht vollgesogen.

Der Onkel war in Gedanken versunken, er zögerte kurz, wies dann auf ein niedriges Gebäude hinter sich.

»Hier war der Klub, wo ich die Kerle zu Brei geschlagen habe.«

Die Fenster waren verrammelt, die Fassade abgeblättert, und quer darüber stand braun hingepinselt »Hoch lebe der Duce«.

Aus der Tiefe der Spelunke drangen laute Stimmen, diesmal war es deutlicher zu hören: »Dieser Hund! Dieser Hund!« Zweimal wiederholt, klang es wie eine Salve.

Nelsons Gesicht veränderte sich, sein Kiefer krampfte sich zusammen, die Augenbraue begann zu zittern. Er war drauf und dran, sich umzudrehen und noch einmal hineinzugehen, tat es aber doch nicht, vielleicht weil er unbewaffnet war, oder wegen Guerino. Jedenfalls standen Onkel und Neffe immer noch da, als sie den jungen Don Sebastiano auf sich zukommen sahen, hinkend, bucklig, von Kindern umringt.

»Servus, Nelson«, begrüßte er ihn lächelnd. Dieser erwiderte den Gruß mit einem Kopfnicken. Der Pfarrer deutete auf das Auto. »Ein toller Wagen!«, sagte er, wackelig auf seinen Beinen und immer noch lächelnd. Er wirkte wie ein von den um ihn herumwuselnden Kindern zum Spiel verletzter Vogel. »Aber natürlich wissen auch Sie«, er sah zuerst auf den Mann, dann auf den Jungen, schließlich auf das Auto, »dass es dort, wo wir früher oder später alle hingehen, nicht auf solche Dinge ankommt.«

Nelson zog eine Grimasse. Unterdessen hatte eines der Kinder begonnen, an der Soutane des Pfarrers zu zerren und zu murmeln, es wolle ihm etwas zeigen. Don Sebastiano entschuldigte sich und hinkte dem Kleinen auf die Piazza nach, die ins Licht der letzten Sonnenstrahlen getaucht war.

Nelson sagte zu Guerino: »Los, steig ein!«

Eine Zeit lang lenkte er das Auto schweigend, knurrte nur irgendwann, eine Toscano im Mund: »Zünd sie mir an!«

Als sie die Stadt hinter sich gelassen hatten, fuhr er rechts heran, bremste scharf und setzte sich bequemer hin, um die Zigarre zu genießen. Ihre Spitze leuchtete hellorange, ein einsamer Punkt in der schon feuchten, dunklen Abendluft. Er nahm einen Zug, legte den Kopf schräg, um den Jungen anzusehen, und sagte mit vom Schummerlicht und Rauch veränderten Gesichtszügen: »Jetzt gehst du deine Mutter besuchen.«

Guerino fiel erst jetzt auf, dass sie vor dem Eingang des städtischen Friedhofs angehalten hatten. Zu seiner Rechten ragten drei schmale, weiß gekalkte Bögen in die Höhe. Drinnen, weiter vorne im Zwielicht, erstreckten sich Baumreihen und Kiesflächen.

»Steig aus und geh deine Mutter besuchen«, sagte Nelson noch einmal, starrte dabei geradeaus. »Sei nicht wie dein Vater.«

»Aber…«

»Steig aus, habe ich gesagt.« Der Mann beugte sich über Guerinos Knie und stieß die Tür auf.

Der Neffe gehorchte. Ging unter einem der Bögen durch und geradeaus über den Hauptweg, warf ab und zu einen Blick zurück. Die Luft war lau, Zikaden zirpten. Da und dort ragte ein Grasbüschel aus dem Kies. Neben einem Grabmal aus Marmor, vor dem eine Öllampe brannte, blieb er zögernd stehen. Blickte um sich und nahm dann eine spitze Abzweigung, hinein in die Zypressen.

Auf der Höhe einer Kapelle mit zwei Säulen und einer schmiedeeisernen Tür blieb er stehen. Der Onkel hatte es gewollt, dieses Grab für die Schwester. Sein Vater hatte es sich gar nie angesehen. Er zündete ein Streichholz an und stieß die Tür auf.

Da war der Grabstein, darauf ein goldfarben eingefasstes Porzellanbild. Die junge Frau hatte eine ungewöhnlich breite Stirn, an der sich zwei kleine Knochenfortsätze vorwölbten und die von luftigem, gewelltem Haar, das die ganze obere Hälfte des Fotos ausfüllte, umgeben war. Er stand davor, ohne sich zu rühren, und betrachtete sie eine Weile, das Streichholz in der Hand.

Er hatte keine besonderen Gedanken, wollte einfach nur weg. Aber zuerst musste er etwas Zeit vergehen lassen, er konnte die Sache ja nicht in zwei Minuten hinter sich bringen und zum Auto zurückkehren, als hätte er sich rasch hinter einem Busch erleichtert. So lehnte er sich an die kühle Wand der Kapelle und dachte an das, was draußen geblieben war: an den Bracken, eingerollt im Schatten der Dreschmaschine, die der Nachbar am Vormittag sicherlich bis in den Hof gefahren hatte; an seinen schweißnassen und von oben bis unten mit Streu bespickten Vater, der Sack um Sack von der Tenne zum Kornspeicher trug; an die Getreideernte ein paar Tage zuvor, als er zusammen mit anderen Männern eine Wachtel hatte auffliegen sehen und darüber nicht weniger erschrocken war als sie, weil die Seele des Weizens weggeflogen war; auch an das kleine blonde Mädchen, das so untalentiert im Zeichnen bunter Bälle war und eine Mutter mit grauen Fingernägeln hatte, fiel ihm ein.

Als er aus seinen Gedanken aufschreckte, war alles dunkel. Er löste sich von der Wand und tastete sich zur Tür vor. Konnte sie nicht aufstoßen. Vielleicht hatte der Wind sie einschnappen lassen. Er versuchte es noch einmal. Es ging nicht. Von Unruhe erfasst, kramte er nach der Streichholzschachtel und zündete eins an.

Dann schaute er sich um. Der Rahmen, aus dem ihn die Unbekannte mit der hohen Stirn ansah, kam ihm nun vor wie aus echtem Gold. Am liebsten hätte er laut geschrien, aber er wollte sich vor dem Onkel nicht mit einer panischen Reaktion blamieren.

Er führte das Streichholz ganz nahe an die Tür, um sie genau zu untersuchen, und versengte sich dabei ein wenig die Finger. Ein Schloss schien es nicht zu geben, und doch blieb sein Stoßen mit den Händen, den Schultern, mit aller Kraft, die er aufbieten konnte, wirkungslos.

Da ließ er sich im Stockdunkel auf den Granitboden hinuntergleiten, zog die Knie an, verbarg den Kopf zwischen den gekreuzten Armen und brach in Tränen aus. Dabei hatte er eigentlich gar keinen Grund: Früher oder später würde der Onkel nach ihm suchen, jemand würde es bemerken. Trotzdem weinte er. Ihm war inzwischen auch kalt.

Er stand wieder auf. Die Beine taten weh. Er machte einen letzten, diesmal weniger energischen Versuch, die Tür aufzustoßen. Vergeblich. Vielleicht war es eine Aktion seines Onkels, der sehen wollte, wie viel er als Mann taugte, vielleicht kam er ihn nicht suchen, weil er im Auto eingeschlafen war, oder er war in einen Hinterhalt dieses Packs aus der Spelunke geraten, womöglich würde er die Gruft nie wieder verlassen können, hier begraben sterben, in diesen Kleidern, mit diesem Wein im Blut, dem letzten, noch unverdauten Mittagessen im Magen.

Verängstigt tappte er zwischen den Wänden hin und her, aufgedunsen vom Weinen. Und dann trat er, von der glasierten, hellen, auch im Finstern sichtbaren Oberfläche angezogen, zum Porzellanbild auf Höhe seines Kinns. Er senkte den Kopf, beugte sich vor und heftete das rechte Ohr an das glatte Porzellan. So blieb er eine Zeit lang stehen, die Hände in den Taschen, die Augen geschlossen. Dann streifte er mit der Wange über das Bild, mehrere Male. Als Kind hatte er das bei Bauern gesehen, am Grab irgendwelcher Heiliger. Mit dem Weinen hatte er längst aufgehört.

»Guerì!« Die Stimme des Onkels hallte durch die Leere des Friedhofs.

Der Junge löste sich sofort vom Grabstein, wischte sich das Gesicht sauber. In der Dunkelheit war zu hören, wie die Tür aufging.

4.

Der Kreis

Weder Zahlen noch Geografie waren je seine Stärke gewesen. Daher machte sich Nelson, so alarmierend die Nachrichten über den für die nächsten Tage prophezeiten Einmarsch der Alliierten auch waren, höchstens momentweise Sorgen. Selbst falls die Zahlen Verrat an ihm begehen sollten, würde ihm noch die Intuition bleiben; sich auf der Landkarte zu vergaloppieren, war immer noch besser als im echten Gelände. So weit kam es noch, dass man ihm beibringen wollte, wie man Schäden bezifferte oder sich an Orten orientierte, an denen er sich im Schlaf auskannte.

Er trug Dalmazio auf, Guerino ein Telegramm zu schicken.

»Schreib: Dringend Punkt Brauche Dich Punkt Komm ausgerüstet Punkt Fehlt Genehmigung Punkt Besorge ich Punkt Dein Onkel Punkt.«

»Nicht so schnell«, sagte Dalmazio und feuchtete die Spitze des Bleistifts an. »Also: Komm genehmigt Punkt…«

»Nein, verdammt. Ich habe gesagt: Komm ausgerüstet. Punkt. Fehlt Genehmigung, besorge ich. Punkt. Alles klar?«

»Alles klar, jawohl.« Dalmazio steckte das Blatt in die Tasche. »Ich geh mal.«

»Bring Tabak mit«, sagte Nelson, und obwohl der Freund sich nicht umdrehte, wusste er, dass er seinen Tabak in spätestens einer halben Stunde haben würde.

Er beugte sich mit aufgestützten Händen über einen Schreibtisch, auf dem eine Landkarte ausgebreitet war. Streckte den Hals und zog mit dem Zeigefinger einen Kreis um einen Punkt.

»Genau«, sagte er. »Genau, genau.«

Zwischen seinem Eintreffen am Ziel und dem Moment, in dem Guerino sich mit dem Fallschirm hatte abwerfen lassen, während seine Kameraden weiter Richtung Hauptstadt flogen, vergingen zwei Tage.

Nach der Landung zu später Stunde zog er, flach auf dem feuchten Boden liegend, das Messer hervor und schnitt mühsam die Riemen durch. Um ihn herum atmete die Dunkelheit, nirgends ein Licht oder Geräusch, weit und breit kein Zeichen von Leben. Er kramte im Rucksack nach der Taschenlampe. Richtete sie auf den Kompass und die zerknitterte Karte: Er war noch ziemlich weit weg, zu seiner Rechten zeichneten sich der Sirente und der Velino ab. Er musste Richtung Nordosten gehen.

Nach einem Kilometer stürzte er in eine Doline. Dort blieb er bis zum ersten Schein des anbrechenden Tages. Dann kletterte er wieder hinaus, atmete einmal tief durch und setzte seinen Weg fort. Der erste Sonnenstrahl überraschte ihn, als er rücklings in einem dichten Farnwald lag und horchte. Er hörte den nahen Fluss über die Steine rauschen. Ein Falke beschrieb direkt über ihm einen Kreis und verschwand aus dem Blickfeld. Dann hörte er Stimmen. Besorgt stand er auf und schob die Farne ein wenig zur Seite.

Auf der anderen Flussseite schritt ein Mann mit Jagdtasche und umgehängtem Gewehr vom Rand eines Buchenwalds zum Wasser hinunter, gefolgt von einem Jungen. Die beiden blieben auf dem schmalen Streifen aus Schlamm und Steinen stehen. Der Mann erklärte etwas. Dann wandte er sich plötzlich um und zielte mit der Waffe auf das Farn am anderen Ufer. Guerino schloss die Augen, hielt den Atem an und legte die Hand auf die Pistolentasche. Erschrak über ein scharfes Geräusch, das durch das Plätschern des Flusses bis zu ihm drang. Sah hinüber und schloss aus der Situation, dass der Mann dem Jungen eine gepfeffert haben musste.

Auf allen Vieren suchte er das Weite, durchquerte später ein Dickicht. Um eine Talebene zu umgehen, die den Explosionen und dem hässlichen schwarzen Rauch am roten Himmel nach zu schließen Kampfgebiet war, schlug Guerino schon am Abend einen Weg bergauf ein. Als er zu einer Kapelle kam, legte er sich hinter einer Baumgruppe auf die Lauer, um sich zu vergewissern, dass die Luft rein war.

Nach ungefähr einer Stunde, als es dunkel wurde, betrat er sie. Leuchtete mit der Taschenlampe reihum die Wände an. Links, über die ganze Wand, ein riesiger Christophorus, der mit nackten Waden und riesigen Füßen im Wasser stand. Weiter hinten erkannte er eine andere Szene – zwei identische junge Männer, die miteinander kämpften. Guerino streckte sich neben dem Altar auf dem Boden aus. Verbrachte die Nacht in einem Dämmerschlaf, stets auf die Geräusche lauschend, die aus der Ebene zu ihm hochdrangen.

Im ersten Licht der Morgendämmerung verließ er den Unterschlupf und fühlte sich noch erschöpfter als am Abend zuvor. Er kam dennoch gut voran, da er seinen Körper wie ein Tier dazu erzogen hatte, immerzu mechanisch weiterzulaufen. Ebenfalls nach Art der Tiere schenkte er den Felsbastionen zu seiner Linken und weiter drüben dem Gran Sasso keine Beachtung mehr, auch nicht den langen, bewaldeten Berghängen rechts und den Fliegerstaffeln, die über seinem Kopf den Himmel durchschnitten.

Und als er eine Hütte erblickte, handelte es sich dann auch eher um einen Hundebefehl als ein Selbstgespräch: Geh rein und such. Den Revolver im Anschlag, schlich er sich hinein. Man merkte gleich, dass hier bis vor Kurzem mehrere Personen gehaust haben mussten: Auf den Regalen ein Durcheinander von Büchern, Trophäen, Töpfen, an der Wand standen leere Munitionskisten, der mit einem Wachstuch bedeckte Tisch in der Mitte war voller Krümel, Asche, ölverschmierter Lappen.

Guerino suchte sich eine Ecke aus, legte den Revolver ab und öffnete den Rucksack. Zog ein Ringbrot heraus, hielt es mit beiden Händen und biss hinein.

In der Nacht hörte er Schüsse, aber sie waren so weit weg, dass sie ihn nicht beunruhigten. Trotzdem stand Guerino mehrmals auf, um mit gezückter Waffe aus dem Fenster zu blicken.

Am nächsten Tag fühlte er sich besser. Er nahm Abkürzungen durch Wälder, die gerade deswegen, weil sie allgemein als gefährlich galten, für ihn der sicherste Ort waren.

In der Dämmerung erreichte er Teramo. Der vereinbarte Treffpunkt war ein Geräteschuppen etwa hundert Meter hinter dem Haus seines Vaters, zwischen dem Wäldchen und den aufgereihten Bienenkörben.

Er entriegelte das rostige Schloss und stieß die Tür aus zusammengenagelten Brettern weit auf. Seit ihm der Vater die Ohrfeige verpasst hatte, war etwa eine Woche vergangen. Er versuchte möglichst wenig Lärm zu machen, ihm war überhaupt nicht danach, ihn wiederzusehen. Die Taschenlampe in der Hand, inspizierte er den Raum, sah die Spinnweben oben in den Ecken, sah die Futterraufen, die leer waren, von einer Art Sturmhaube mit einem vorne angenähten Stück Gaze gegen die Bienen abgesehen, sah das Sägemehl und den Weidenkorb auf der Erde. Er machte die Tür zu und wartete.

Der Bracke bellte. Vielleicht hatte er ihn gewittert. Dann die Stimme seines Vaters: »Aus, Schluss jetzt.« Guerino wich zurück, verkroch sich zuhinterst im dunklen Schuppen. Vor der Tür hörte er ein Rascheln. Jemand klopfte ganz leicht an.

»Bist du da? Ich bin's, Dalmazio.«

Der Hund hatte aufgehört zu bellen.

»Wenn mein Vater uns sieht, bringt er uns um«, sagte Guerino.

»Mach dir keine Sorgen. Ich habe den Pfarrer kommen sehen, er ist beschäftigt.«

Sie standen im Dunkeln hinter der Brettertür.

»Warum hast du so lange gebraucht? Ich war schon gestern und vorgestern hier.«

»Als ich abgesprungen bin, war die Sicht miserabel, und es war sehr windig«, sagte Guerino. »Ein Wunder, dass ich überhaupt hier bin.«

»Wir haben einen Partisanen.«

»Nur einen?«

»Dazu zwei Informanten.«

»Wo sind sie?«

»Wir halten sie unten im Verschlag fest.«

»Was hat Nelson mit ihnen vor?«

»Er will sie heute Nacht an die Wand stellen.«

»Ihr habt mich deswegen herbeordert?«

»Du solltest ja schon vor zwei Tagen kommen.«

»Was bringt das jetzt noch? Sie können doch jeden Moment da sein.«

»Er sagt, es sei eine Frage des Prinzips. Wegen Di Saverio und Guercioni, die vor einer Woche auf der Brücke in einen Hinterhalt geraten und ums Leben gekommen sind.«

»Dann gehen wir besser mal«, sagte Guerino.

Die Tür quietschte. Zwei Schatten verließen hintereinander den Schuppen, glitten zwischen den Bienenstockreihen durch und verschwanden im Dunkel des Wäldchens.

Das Fahrzeug kam dröhnend zum Stehen. Als Erster stieg Nelson aus, gefolgt vom Neffen und von Dalmazio, der am Steuer gesessen hatte. Das Gelände war ganz uneben nach den jüngsten Regenfällen. Auf der Ladefläche saßen drei junge Männer mit zerschlagenen, blutverschmierten Gesichtern, an Händen und Füßen gefesselt.

»Dalmà, schaff sie runter«, sagte Nelson und vertrat sich die Beine.

Guerino packte ihn am Arm und zog ihn zur Seite.

»Ich glaube nicht, dass das eine kluge Idee ist, Onkel Nelson.«

»Es ist nicht deine Aufgabe, mir zu sagen, was klug ist.«

Er war mindestens einen Kopf größer als sein Neffe.

»Aber Nel...«

»Hol die Waffe raus. Wir haben nicht viel Zeit.«

Entschlossen trat er dann vor Dalmazio und trug ihm auf, die drei an die Wand zu führen. Zwei von ihnen klagten, gaben zusammenhanglose Worte von sich. Sie hatten gebrochene Nasen und Kiefer. Der Dritte folgte Dalmazio schicksalsergeben, ohne einen Laut.

Guerino stieg ins Auto, legte den Rückwärtsgang ein und richtete den Mittelscheinwerfer so aus, dass die Wand, vor der die drei standen, hell beleuchtet war. Dann stieg er bei laufendem Motor wieder aus und stellte sich neben Dalmazio, der sein Gewehr schon im Anschlag hatte.

An der hellen, da und dort geschwärzten Mauer waren drei Schatten zu sehen. Guerino entsicherte seinen Revolver, brachte ihn in Anschlag. Obwohl er genau wusste, wo er sich befand, war es, als würde sein Auge erst jetzt die verstreuten Teile zusammensetzen, dazu gleichzeitig das Sichtfeld ausweiten und den Hintergrund entfernen: Nelsons Profil, seine Mütze mit dem goldenen Adler, in Bereitschaft, den Schießbefehl zu geben, Dalmazio und er mit ihren erhobenen Waffen, das säbelscharfe Licht des Scheinwerfers, die drei Männer und direkt vor ihnen die ausfransenden diagonalen Schatten an der Friedhofsmauer, hinter der seine Mutter begraben war.

»Feuer!«, rief Nelson.

Endlich kämpfte er an der Seite seines Onkels, wie er sich so sehnlich gewünscht hatte. Allerdings war diese Erfahrung gewissermaßen dreigeteilt, und ihm fiel der gänzlich ruhmlose Anteil zu. Und dies nicht in einem Moment ebenbürtiger Beteiligung an einer

Schlacht, nicht in einer Gemeinschaft von Kameraden, die danach die Beute unter sich aufteilen würden, sondern im Rahmen einer Aktion an der Grenze der Vernunft, unter den tausend Augen dieses Friedhofs, im Angesicht der beiden kleinen Knochenfortsätze an der Stirn der Frau, die man als seine Mutter bezeichnet hatte.

Die drei sackten zusammen.

In diesem Moment kam Don Sebastiano angehumpelt, ein Bein nachziehend, länger als das andere und steif wie der Schenkel eines Zirkels. Erschöpft blieb er am Rand stehen. Sah die vor der Wand zusammengebrochenen Körper. Er bekreuzigte sich.

»Wenn du sie anrührst, bringe ich dich um«, sagte Nelson. »Bis morgen früh müssen sie bleiben, wo sie sind.« Dann zu den beiden anderen: »Kommt schon, wir gehen.«

Er trug einen Goldring, auf dem ein winziges, aufklappbares Fach angebracht war. Die floralen und geometrischen Formen auf der Außenseite waren nielliert. Er bewahrte darin Strychnin auf. Damit er, Nelson, es selber richten konnte, sobald der Moment gekommen wäre. Allein in seiner Macht lag es, zu beenden, was ohne seine Zustimmung begonnen hatte.

Bevor sie sich davonmachten, noch in der Nacht der Erschießungen, hatte Nelson das kleine Fach aufspringen lassen und sich vergewissert, dass das Gift noch an Ort und Stelle war.

Sie hatten vor, sich abseits der üblichen Routen in den Norden zu flüchten. Vielleicht erst einmal nach Ascoli Piceno zu gelangen und dann weiter hinauf.

Die Straße wand sich in engen Kurven bergwärts, es

war dunkel, von den unscharfen Lichtflecken abgesehen, die in der Ferne, zum Meer hin, bald sichtbar wurden, bald verschwanden.

»Verflucht«, rief plötzlich Dalmazio. »Ich glaube, wir haben einen Platten.«

»Halt irgendwo an«, sagte Nelson. »Ich muss ohnehin pinkeln.«

Dalmazio brachte den Wagen mit quietschenden Bremsen neben einem lichten Wäldchen zum Stehen. Weiter drüben konnte man Hügel erahnen, hinter ihnen lag das in aller Eile verlassene Teramo, und dazwischen schlängelte sich der Feldweg, auf dessen einer Seite es steil hinunterging.

Während Nelson hinter den Bäumen verschwand, kontrollierte Dalmazio hingekauert den Reifen. Es schien doch alles in Ordnung zu sein. Er stand wieder auf, trat an den Rand des Feldwegs, blickte über das Tal und zündete sich eine Zigarette an. Guerino hatte sich nicht von der Ladefläche gerührt, stierte vor sich hin. Die Luft war sommerlich.

Als Dalmazio die Kippe in die Schlucht warf, hörten sie von der Baumgruppe her lautes Geschrei. Guerino sprang augenblicklich von der Ladefläche. Dalmazio war in wenigen Schritten bei ihm.

Ohne ein Wort packten sie ihre Waffen und gingen in Richtung der Stimmen. Das Gelände war schlammig, mit jedem Schritt sanken sie ein. Bald stießen sie auf Fußspuren, folgten ihnen, blieben immer wieder stehen, um zu horchen, nahmen dann einen Aufstieg in Angriff. Als sie die Kuppe fast erreicht hatten, konnten sie zwischen den Baumstämmen einen aufsteigenden Lichtschein sehen. Sie legten sich auf den Boden und robbten weiter. Drangen in ein dorniges Dickicht ein, wo sie sich in Stellung brachten. Unten am Abhang, der zu einer zerklüfteten, mit Felsblöcken übersäten Landzunge auslief – einer Art schmalen Lichtung, einem trockenen Flussbett –, war etwas im Gange.

Dann entwickelte sich die Situation folgendermaßen: Dalmazio hinderte Guerino mit dem Arm am Weitergehen, presste ihm sogar die Hand auf den Mund, damit er nicht losschrie. Beide wurden von Dornen zerkratzt, was sie jedoch nicht von der Szene abzulenken vermochte, die sich im Schein der Fackeln vor ihren Augen abspielte.

Nelson war von einer Schar Männer umringt, die teils nach Partisanen aussahen, teils nach Bauern, die ihnen bekannt vorkamen. Er lag auf dem Kiesbett, ohne Mütze, mit offenem Gürtel, und versuchte hartnäckig, den Kopf so zur Seite zu neigen, dass er den Ring an der Hand mit dem Mund erreichen konnte, aber drei Männer waren bereits dabei, ihn mit Draht zu fesseln.

»Es sind zu viele, wir können nichts ausrichten«, flüsterte Dalmazio und konnte ein Schreien kaum unterdrücken, als Guerino ihn in die Hand biss. »Beruhige dich. Mach bloß keinen Blödsinn.«

Unten hielt einer der Männer eine Fackel ans Gesicht des Gefangenen und versengte ihm Schnurrbart und Augenbrauen. Die anderen überhäuften ihn mit Schmähungen. Auf einmal zogen sich Nelsons Gesichtsmuskeln zusammen, und er spuckte den Fackelträger an. Vier Schüsse durchlöcherten den Gefesselten, dann wurde er in Brand gesetzt.

Als die Flammen aufloderten, zogen sich einige der Männer aus dem Lichtkreis zurück und gingen langsam davon. Die anderen folgten ihnen nach.

Zwei Jüngere wurden als Wachen zurückgelassen.

Der eine begann noch vor Anbruch der Morgendämmerung einen Graben auszuheben, der andere schob die Überreste der Leiche mit dem Fuß bis an den Rand und stieß sie hinein. Dann füllte der Erste den Graben mit regelmäßigen Hüben wieder auf. Die Schollen aus einem Gemisch aus Erde und Steinen schlugen unten dumpf auf. Als er fertig war, legte er den Spaten beiseite, ging auf dem Grabhügel in die Hocke und zündete sich eine Zigarette an. Klaubte den Goldring aus der Jackentasche und untersuchte ihn von allen Seiten, während er den Rauch einsog. Zuerst versuchte er ihn auf den Ringfinger, dann auf den kleinen Finger zu stecken.

»Ist der von ihm?«, fragte der andere, der in der Nähe auf einem Stein saß.

»Ja.«

»Wirf ihn weg!«

»Warum? Früher oder später findet ihn jemand anderes und verhökert ihn.« Er steckte ihn in die Tasche zurück. »Da behalte ich ihn lieber selbst.«

»Gehen wir«, sagte der andere und stand vom Stein auf.

Als die beiden weit genug entfernt waren, machte Guerino in seinem Buschversteck ein Zeichen, er wollte abhauen. Beim Aufstehen war er so schwach und unsicher auf den Beinen, dass er beinahe in Ohnmacht gefallen wäre. Dalmazio streckte ihm den Arm hin, um ihn zu stützen. Beide hatten von den Dornen verkratzte, blutende Gesichter und Hände.

»Ich will mich verabschieden«, murmelte Guerino.

»Dafür haben wir keine Zeit«, sagte Dalmazio und versuchte ihn wegzuziehen.

Es war schon hell. Als sie das Wäldchen nun zum

zweiten Mal durchquerten, hing darin Nebel, und wussten beide nicht, welche Richtung sie einschlagen sollten.

Der Arzt schrieb in die Krankenakte:

Identität unbekannt. Männlich. Alter 22–24 Jahre. Akut delirant, mit Bewusstseinsstörung und psychomotorischer Inkohärenz. Glaubt, sich in einem großen, verschneiten Wald zu befinden, wo es ein riesiges Ungeheuer mit dem Körper eines Wurms, dem Kopf und den Augen einer Eule und dem Rachen eines Raubtiers gibt. Es wartet nur darauf, dass ihm ein Opfer vorgesetzt wird, dem es erst mit seinem Blick Angst einjagt, um es dann mit seiner Masse zu erdrücken und schließlich Bissen um Bissen zu verschlingen. Er sieht Menschen, die hinter Türen lauern, andere, die draußen auf ihn warten, ihn entführen und in diesen Wald bringen wollen. Diagnose: paranoide Psychose.

Guerino blieb ein Jahr lang dort, hartnäckig stumm, mit einem Dutzend weiterer Patienten in einen Schlafsaal gepfercht. Zu seiner Rechten lag ein schmaler, schlaksiger junger Mann, der siebenunddreißig Monate in der Wüste hinter sich hatte, ab und zu seinen Urin trank, dies den »Inbegriff der Autarkie« nannte und die Krankenschwestern bat, ihn nach Hause zu lassen, damit er »die Hose wechseln« könne. Links hingegen lag ein alter Mann mit schneeweißem langen Haar und Bart und einem verbundenen Auge. Er redete nie, stand auch nie auf. Kullerte nur mit dem einen Auge und zitierte ab und zu eine Passage aus dem Alten Testament.

Vom Ende des Kriegs erfuhr Guerino, als man ihn

nach Monaten äußerster Verwirrung und Unruhe mit Elektroschocks behandelte. Die Krankenschwester gab ihm vor einem hellen Wandschirm eine Injektion und unterhielt sich dabei mit einer Kollegin:

»Dann ist also alles vorbei?«

»Scheint so.«

»Hast du von denen in Vercelli gehört? Unter einem Lastwagen zermalmt…«

»Ja. Aber auch die Hilfsschwestern?«

»Sicher. Die haben alle Faschisten aus der Klinik rausgeholt und unter einem Lastwagen zermalmt.«

»Ach, du Schreck. Hoffentlich bleiben wir von so was verschont.«

Als Guerino im Rollstuhl vor einen Apparat auf Rädern gekarrt wurde, der mit einem Stufenschalter, Haltegriffen und Kabeln ausgestattet war, und als der Arzt sagte: »Dann sind wir bereit, junger Mann?«, leistete er keinerlei Widerstand, nickte im Gegenteil, wie zur Bestätigung: Ich bin bereit.

Am nächsten Tag schrieb der Arzt in die Akte:

Erster Zyklus der Elektrokonvulsionstherapie. Spannung: 110 Volt. In den darauffolgenden 24 Stunden kein Delirium. Eiterfluss. Verlust des oberen rechten Schneidezahns und eines Prämolaren. Aktueller Zustand des Patienten: begriffsstutzig, apathisch und antriebslos.

In der darauffolgenden Nacht wurde er von einem heftigen Stoß geweckt. Er richtete sich auf und sah seinen weißbärtigen Nachbarn mit baumelnden Beinen am Bettrand sitzen.

»Von den Männern hätte ich das erwartet«, flüsterte er. »Aber nicht von Ihnen.«

Guerino hörte ohne besonderes Interesse zu. Der Mann redete lange, ab und zu versenkte er seinen Blick aus der kullernden Pupille in die weißliche Masse des Nachbarbetts. Kaum war ihm ein Satz aus dem Bart geschlüpft, schien er ihn augenblicklich zu vergessen, weil er schon einen nächsten formulierte, der, einmal ausgesprochen, ebenfalls unweigerlich seinem Schicksal überlassen werden würde. Guerino, der völlig erschöpft war, wies die Worte weder zurück, noch hieß er sie gut.

Der Alte sagte, er komme aus der Romagna und sei Jude, in Polen aus einem Konzentrationslager geflohen. Tausende von Kilometern habe er zu Fuß zurückgelegt und zuletzt in einer Höhle in den Dolomiten Unterschlupf gefunden. In seiner hellen Kleidung sei er im Schnee kaum aufgefallen, also bestens getarnt gewesen. Er erzählte, wie er sich von Grünzeug, Wurzeln und Flechten ernährt und über den Sinn des Lebens nachgedacht habe. Bis er eines Tages, als er draußen Reisig sammelte, auf eine Militärpatrouille stieß und sich mit dem Rücken auf den Boden legte, davon überzeugt, mit der Natur rundum zu verschmelzen. Tatsächlich hielten sie ihn für einen schneebedeckten Baumstamm und gingen an ihm vorbei. Als sie zehn Meter weitergelaufen waren, sei ein Raubvogel auf ihn herabgestürzt und habe ihm ein Auge ausgehackt.

»Nicht vor Schmerz«, sagte er, »vor Enttäuschung habe ich geschrien.«

Die Natur selbst hatte auf ihn gezeigt, auf ihn, der inzwischen aus reiner Natur bestand, an dem nichts Menschengemachtes mehr war.

Der andere Nachbar, der Veteran des Afrika-Feldzugs, drehte sich um, sein Bett quietschte.

Guerino hielt es fast nicht mehr aus, dazuliegen und ihm zuzuhören.

»Halt!, hat der Kommandant gerufen. Alle sind stehen geblieben. Ich habe mich nicht bewegt. Habe mit bloß einem Auge, und das nicht mal gut, gesehen, dass jemand zwischen mich und das Licht getreten war.«

Guerino machte die Bänder von seinen Beinen los. Der alte Mann fuhr fort:

»Er will uns zerstören, ihr werdet sehen. Er hat es auf uns abgesehen. Von wegen Teilung des Meers oder Manna vom Himmel … er wartet auf seinen Moment …«

Während der Mann weiterredete, rutschte Guerino vom Bett und war schwupp bei ihm. Stieß ihn auf das Laken nieder, würgte ihn in einem Wutanfall mit beiden Händen am dürren Hals.

»Du sollst den Mund halten, hast du verstanden?«, sagte er leise. »Du sollst aufhören.«

Aus der Tiefe des im Kissen vergrabenen Kopfs des Alten drang kein Laut. Nur die Augenbinde verschob sich zuerst auf die Nase, dann aufs Kinn. Obwohl er auf dem Rücken lag, war es, als würde er vor einer Person stehen und ihr ins Gesicht schauen. Die Augenhöhle war starr, schwarz. Langsam kam Guerino wieder zu sich, zog die Hände zurück. Horchte. Der Mann atmete noch. Er klopfte ihm zweimal auf die Brust. »Ein braver Kerl, der Alte«, sagte er erleichtert.

Der Veteran des Afrika-Feldzugs war unterdessen aufgewacht, hatte seinen langen Oberkörper aufgerichtet und mit baumelndem Kopf die Szene beobachtet.

Guerino huschte zwischen den beiden Reihen von Schlafenden durch und an der dicken Krankenschwester vorbei, die mit offenem Mund und nach hinten gekipptem Kopf in der Nähe der Tür saß und schnarchte.

Er drückte die Tür auf, sah in den Korridor und befand sich, als die Frau aufwachte, schon im rückwärtigen Park. Unter einem Vordach mit blauer Glühbirne sah er eine Schaufel liegen, packte sie und schwang sie bedrohlich in Richtung der Krankenschwester. Dann kletterte er barfuß über den Zaun und machte sich durch Feld und Wald davon.

»Glaubt mir, wie ein Gespenst«, erzählte die Frau am Morgen ihren Kolleginnen. »Wir haben lange nach ihm gesucht, aber er war spurlos verschwunden. Die Dunkelheit hat ihn verschluckt.«

Guerino irrte die ganze Nacht ziellos umher. In der Abenddämmerung erkannte er über einem roten Backsteingebäude einen Glockenturm. Er klopfte an das Portal. Es war ein Kloster der Unbeschuhten Karmeliten.

Dort, in Mantova, überwinterte er mit den Mönchen, aß wenig und redete noch weniger. Oft saß er im Obstgarten auf einer Bank und las Bücher aus ihrer Bibliothek.

Eines Tages im zeitigen Frühjahr rief der Prior ihn zu sich. Legte ihm eine Hand auf die Schulter und sagte, sie könnten ihn nicht länger dort behalten. Man gab ihm Kleider, etwas Geld und begleitete ihn zum Bahnhof.

Guerino hatte keinen Ort, wo er hinkonnte. Es war früher Morgen. Er nahm einen Zug Richtung Mailand. Dort angekommen, stieg er um und fuhr nach Bologna. Dann wollte er weiter nach Rom, doch am Bahnhof Florenz änderte sich alles – durch das Fenster erblickte er jene junge Frau.

Blass im Gesicht, das Haar im Nacken zusammengebunden, lächelte sie einen Mann an, wahrscheinlich ihren Vater, der ein Abzeichen der kommunistischen Partei auf der Brust trug und dabei war, in Guerinos Zug einzusteigen.

Die junge Frau auf dem Bahnsteig stellte sich auf die Zehenspitzen, versuchte, den Mann im Waggon zu erspähen, winkte ab und zu und lachte etwas belämmert. Sie hatte schmale Lippen und zwischen den Schneidezähnen eine Lücke. Guerino stand auf, kämpfte sich mit den Ellbogen den Weg frei und sprang aus dem Zug.

Wenn man ihn nach dem Grund seiner Lüge gefragt hätte, wäre seine Antwort gewesen, dass »Rom« weniger Buchstaben enthielt als alle anderen Städte, die ihm sonst eingefallen waren. Bei »Rom« war, so hoffte er, die Gefahr weniger groß, dass er seinen Makel, den in der Klinik verlorenen Zahn, offenbaren würde. Alles Weitere hatte sich von selbst ergeben.

Onkel Nelson oder einem Dalmazio gegenüber hätte er hingegen folgendermaßen geantwortet: »In diesem Moment meines Lebens war es richtig, mich im Leben neu aufzustellen. Ich hatte nicht nur wenig zu verlieren, sondern vor allem sie zu gewinnen. Meinen Vater konnte ich nicht ändern. Man muss pfiffig sein im Leben. Ihr hättet es an meiner Stelle genauso gemacht.«

Sich selbst, sprich einer Bewusstseinsform oder Gott gegenüber, hätte er in den dunkelsten Stunden gestanden: »Ich war müde, müde von allem, weißt du nicht mehr? Zu meinen Füßen kauerte der Tod, wie ein Hund. Wohin ich auch ging, er folgte mir. Ich hielt es nicht mehr aus. Aber dann erschien diese junge Frau. Ich weiß nicht, was es war. Plötzlich hielt ich gewissermaßen einen Stock in der Hand. Ich fühlte, dass ich diesen Hund wegjagen konnte. Aber es musste der letzte Kraftakt sein. Ich wollte bescheidener, heiterer sein. Jemand anderes werden. Vorausgesetzt, sie wollte mich wenigstens halb so sehr wie ich sie. Ich war kurz davor, aufzugeben, war verloren, völlig allein, weißt du nicht mehr? Ich schwöre, ich wollte nicht lügen, dachte nur immer wieder: Wie schön sie ist, wie schön sie ist. Und sie hat mich angelächelt.«

Tatsächlich musste er im wirklichen Leben keine dieser Antworten je formulieren, weder als Guerino Santoni noch als Modesto Pacini. Die letzte kam der Wahrheit sicher am nächsten, aber wer weiß, ob nicht noch anderes dahintersteckte, das nicht einmal er verstehen konnte. Jedenfalls dachte er im Laufe der Jahre immer weniger darüber nach. Alles in allem war es für ihn gut gelaufen.

Und sowieso, keine zwei Monate nach seiner Begegnung mit Aurora kam die Amnestie, und es war nicht unwahrscheinlich, dass sie auch für ihn gegolten hätte.

INTERMEZZO

oder

Die drei, die den anonymen Brief hätten schreiben können

1.

Don Sebastiano, Verfasser religiöser Erzählungen

Als er klein war und noch nicht Don Sebastiano hieß, bekam er vom Vater regelmäßig die Seele aus dem Leib geprügelt, wie es in der Biografie von Märtyrern oder gewöhnlichen Sterblichen oft vorkommt. Wenn der kleine Sebastiano etwas tat, dann nicht, weil er dachte, das zu tun sei das Richtige – er kannte die Bedeutung von »denken« gar nicht und die von »richtig« noch weniger –, sondern weil er sich aus irgendeinem Grund vorstellte, dass es so am besten sein musste. Nur wäre, wie so oft in solchen Fällen, gerade das Gegenteil gefragt gewesen. Und schon hagelte es Hiebe. Bis er eines Tages eine Krankheit bekam, die so schwierig auszusprechen wie zu heilen war. Täglich erreichten ihn auf dem Dachboden an seinem Lager aus Stroh ein Krug Milch und ein wenig Brot in einem Korb, der an einem Seil hochgezogen wurde.

In einer seiner ersten Geschichten, geschrieben in der Du-Form, wobei er sich als Gegenüber weniger sich selbst vorstellte als eine Abstraktion des Kinds, das er gewesen war, nahm er eine fast göttliche Perspektive ein: *Und da war es, dass du die Heilige Jungfrau erblicktest.* Auf diese Weise wurde ihm bewusst, dass die wunderbarsten und schrecklichsten Dinge von traumähnlicher Konsistenz sind. *Und du sagtest zu ihr*, schrieb er:

»Ich habe mehr Grund, an deine Existenz zu glauben als an meine Heilung, o Jungfrau Maria, obwohl diese beiden Dinge sich gegenseitig nicht ausschließen.« Und sie antwortete dir: »Nicht nur schließen sie sich gegenseitig nicht aus, sie gehen sogar miteinander einher.« Du fuhrst fort, die Holzbalken an der Decke zu betrachten, an denen eine Spinne hing und ihren Faden so lang werden ließ, wie dir die Stunden in dieser Zelle geworden waren. Bis du beschlossest, aufzustehen, den Faden zerrissest und in einer kindischen, aber nur allzu begreiflichen Bewegung die Spinne zertratest.

Das war seine erste und letzte Tötung eines Geschöpfs irgendwelcher Art. Und, ob es nun Zufall war oder eine gerechte Strafe, als er herunterkam und zu laufen versuchte, merkte er, dass der Fuß, mit dem er die Spinne zerdrückt hatte, ganz steif geworden war, genau wie die Beine des Insekts, die sich zu einem schwarzen Häufchen zusammengezogen und verwickelt hatten.

Als er so herumhinkte, erblickte ihn sein Vater, rief ihn und sagte:

»Der Erde bist du nicht mehr von Nutzen, sieh zu, dass du wenigstens dem Himmel dienen kannst.«

Er besuchte das Priesterseminar, wo er Erzählungen zu schreiben begann. Früher oder später hätte er sie unter dem Titel *Die Kraft der Schwäche* versammeln wollen, aber nie blieb dafür Zeit.

Man ernannte ihn zum Pfarrer in Atri, einem Städtchen in der Nähe seines Heimatdorfs. Er war es, der seiner Mutter die letzte Ölung gab, und sie sprach zwei Tage und zwei Nächte lang ununterbrochen zu ihm, als wollte sie auf diese Weise die Leere an Worten füllen, die davor zwischen ihnen bestanden hatte, und ihm wurde klar, dass der Kummer darüber und ihre Reue sie miteinander verband.

Während der Resistenza nahm er, immer wieder Blicke über die Schulter werfend, die Trampelpfade zu den Partisanen und brachte ihnen Lebensmittel und Nachrichten.

Eines Abends, während der Vesper, als alles vorbei schien, hatte er seine zweite und letzte Vision: Er hielt eine Hostie in der Hand und wollte sie gerade auf die Zunge einer Gläubigen legen, da hörte er zu seiner Linken jemanden laut kichern. Seine Hand erstarrte auf halbem Weg zwischen dem Kelch und dem offenen Mund der Frau. Er schielte zur Seite und erkannte, dass es vom Fresko der Begegnung der drei Lebenden mit den drei Toten herkam – es schien sich zu bewegen. Insbesondere hob sich eines der Skelette hell von der dunklen Wand ab, klapperte mit dem Kiefer, sodass es klang wie ein schlecht zusammengebautes Getriebe. Der Schrecken war so groß, dass Don Sebastiano trotz seines schlimmen Fußes einen Satz machte.

Er gab dem Messdiener ein paar Anweisungen, eilte davon, kam aber zu spät – er vermochte drei junge Männer nicht mehr davor zu bewahren, durch die Hand ihrer Brüder getötet zu werden. Jahre später schrieb er eine Erzählung darüber, die er umschrieb, vernichtete, erneut zu Papier brachte. Inzwischen hatte man ihn schon versetzt.

Nach der Lektüre eines französischen Romans über einen Landpfarrer verbrannte er alles, was er je geschrieben hatte. Nur zwei Geschichten blieben erhalten – er hatte sie seinerzeit einer Literaturlehrerin, einem Mitglied seiner Gemeinde, zur Begutachtung und möglichen Überarbeitung ausgehändigt. Eine der beiden wurde postum veröffentlicht und gewann den nationalen Wettbewerb Premio Monsignor Cavalcanti in der Kategorie »Beste religiöse Erzählung Italiens«.

Die Literaturlehrerin ging zu seinem Grab und brachte ihm Blumen und die Plakette. Ihrer Meinung nach hätte er sich trotz allem darüber gefreut.

Die Gewinnergeschichte des nationalen Wettbewerbs Premio Monsignor Cavalcanti in der Kategorie »Beste religiöse Erzählung Italiens«:

Drei Edelmänner von nicht geringer Bildung gingen einmal auf die Jagd. Mehr als das Jagen selbst beschäftigten sie jedoch allerhand spitzfindige Überlegungen rund um die Jagdgöttin der alten Griechen und andere Skurrilitäten im Zusammenhang mit der Kunst des Jagens.

»In einer Wüste Asiens«, hub einer an, der Unerfahrenste der drei, »lebt ein gazellenähnliches Tier, das nur von guten Schwimmern erjagt werden kann.«

»Nun denn, so handelt es sich eher um Angeln als Jagen«, bemerkte der Sorgloseste der drei. »Eine Gazelle, die schwimmen kann. Das ist mir neu.«

»Mehr ist mir nicht bekannt«, entgegnete der Erste.

»Wir sollten unserem Hirsch auf der Spur bleiben«, sagte der Dritte, der Klügste.

Sie drangen in eine dichte Waldung ein. Das Flechtwerk aus Stämmen und Ästen behinderte dann und wann ihren Blick auf den Windhund, der bald vorausstrebte, bald schnuppernd innehielt.

»Vielleicht haben wir uns zu weit entfernt«, sagte der Erste, der Unerfahrene. »Mir schiene die Idee nicht übel, zum Landhaus zurückzukehren.«

»Weitergehen oder zurückkehren, das eine ist für mich so gut wie das andere«, bemerkte der Sorglose.

»Lasst uns noch ein wenig weitergehen«, entschied der Kluge.

Als sie nun ihren Weg fortsetzten, schienen sie eher dem Licht nachzujagen als dem Hirsch. Dafür möge als Beweis gelten, dass sie ins Dunkel stolperten wie über ein vor ihren Füßen ausgestrecktes verwundetes Tier und dass der Windhund sich nach erfüllter Aufgabe übermütig um sich selbst im Kreise drehte. Nicht den Schatten einer Ahnung hatten sie hingegen bezüglich des Verbleibs des Hirsches, gerade weil das Licht sich verflüchtigt hatte.

Vor sich gewahrten sie eine Art schlauchförmige Fährte und folgten dieser im Sturmschritt. Der Sorglose stimmte von Zeit zu Zeit eine Melodie an. Wenn man in gebotener Weise vom Körperumfang der drei absah – der Kluge war auch der schmächtigste – und auch den gedemütigt dahinschleichenden Windhund nicht berücksichtigte, wirkten sie wie eine Gruppe abgemagerter, erschöpfter Pilger, die dort nach Gott suchten, wo seine Anwesenheit am unwahrscheinlichsten war, wobei es keinen triftigen Grund gab, die mathematische Wahrscheinlichkeit und die Existenz Gottes gegeneinander antreten zu lassen.

Sie kamen zu einer Jagdhütte, deren Existenz ihnen

gänzlich unbekannt gewesen war. Aus den erleuchteten Fenstern drangen Stimmen solcher Art, dass die drei dachten: Gewiss richtet hier jemand ein großes Gelage aus.

Als sie klopften, rief jemand von innen: »Nur herein!«

Drei Unbekannte saßen an einem Tisch, der schwer beladen mit allem Anschein nach kunstgerecht zubereiteten Wildgerichten war, und kalauerten vergnügt herum.

»Setzt euch«, forderte einer der drei, der am wenigsten Beschwipste, sie auf.

Die drei Jäger sahen sich an. Der Unerfahrene schwellte die Brust und schickte sich an, die Einladung abzulehnen; der Sorglose zuckte die Schultern; der Kluge sah sich um und sagte schließlich: »Ausgesprochen liebenswürdig, meine Herren. In der Tat sind wir ein wenig hungrig und müde.«

So fand ein Gastmahl statt, das in einem hitzigen Streitgespräch über das Leben und den Tod gipfelte.

Auf einmal sagte der Sorglose, der am betrunkensten war: »Mir scheint, ich kenne diese Geschichte schon.« Er rülpste und wandte sich an die Gastgeber: »Ihr drei Herren, ihr seid wohl nicht zufällig Schatten, Tote?«

Der Unerfahrene lachte und leistete ihm Schützenhilfe: »Die Herren haben in der Tat eine ungesunde Gesichtsfarbe.«

Der Kluge sah sich zur Einmischung bemüßigt: »Solche Reden scheinen mir am Tisch nicht angebracht.«

Insbesondere einer der drei mutmaßlichen Toten zeigte sich beleidigt: »Wie wagt ihr es, meine Herren? Natürlich sind wir keine Schatten.«

Der Sorglose ließ nicht locker: »Das müsst ihr uns erst beweisen.«

Der zweite mutmaßliche Tote sprang auf: »Warum beweist nicht umgekehrt ihr uns, dass ihr lebt?«

Die drei Lebenden sahen sich an.

Der Sorglose sagte: »Da wir zuerst gezweifelt haben, seid ihr vor uns an der Reihe, meine Herren«, er legte eine Pause ein, kniff die Augen zusammen und fuhr fort: »Nun denn, der Beweis könnte so aussehen: Wir versuchen euch zu töten – wenn ihr schon tot seid, könnt ihr nicht sterben.«

Der Unerfahrene: »Wahre Worte.«

Der Kluge erhob die Stimme: »Was ist das für eine Art, Freunde?«

Der erste mutmaßliche Tote schien indessen nicht aufgeben zu wollen: »Und wenn wir umgekehrt euch zu töten versuchen würden?«

Der zweite mutmaßliche Tote, der immer noch dastand, kicherte: »Ihr würdet gewiss sterben. Damit wäre bewiesen, dass ihr lebt, nicht wahr?« Und fügte sofort an: »Oh, Verzeihung. Ich meinte: Dass ihr gelebt habt.«

Der dritte mutmaßliche Tote, der an einer Hasenkeule nagte, äußerte sich zum ersten Mal: »Hier sind Zeugen vonnöten, meine Herren.«

Unterdessen ruhte der Windhund in einem Winkel und biss ab und zu in ein Stück Wildschweinrippe.

Man beschloss, dass der Sorglose ins Dorf gehen und drei Zeugen holen sollte. Während seiner Abwesenheit betastete sich der Unerfahrene, um sich zu vergewissern, dass er wirklich lebte, der Kluge hingegen studierte die drei mutmaßlichen Toten, die fortfuhren, anzustoßen und zu lachen, jedoch etwas weniger fröhlich.

Der erste Zeuge war ein rotnasiger Trunkenbold mit vernebeltem Blick.

»Wenn die Wahrheit im Wein liegt, mein Herr«, sprach

der Kluge, »nun denn, dann könnt ihr uns sagen, wer von den Christenmenschen hier mehr tot als lebendig ist.«

Der Trunkenbold musterte zuerst die Flasche auf dem Tisch, sagte dann bedächtig: »Ihr scheint mir alle ein wenig tot und ein wenig lebendig, meine Herren.«

Man entließ ihn mit einem Glas Wein.

Der zweite Zeuge war ein Kind, das sich den Schlaf aus den Augen rieb. Der Sorglose hielt es auf dem Arm.

»Mein Kleiner«, sagte der Kluge und strich ihm über das Haar, »sag mal: Machen dir einige dieser Onkel Angst?«

Alle sechs sahen es mit angehaltenem Atem an.

Das Kind brach in Tränen aus. Der Sorglose musste es wiegen und ihm eine Leckerei versprechen.

Als dritter Zeuge tappte ein Blinder mit Wanderstock herein. Zuerst trat er zu den mutmaßlich Toten und betastete ihre Gesichter, dann wechselte er wortlos zu den mutmaßlich Lebenden und fasste auch sie an.

»Nun, guter Mann«, sagte der Kluge, »wer von den Leuten, die du nun kennengelernt hast, kommt dir mehr tot als lebendig vor?«

Der Blinde seufzte. »Zu Beginn hielt ich euch alle für lebendig. Dann, als ich euch aus der Nähe kennengelernt habe, hielt ich euch alle für tot. Jetzt redet ihr und mir kommt der Verdacht, dass ihr allesamt lebendig seid«, sagte er und seufzte erneut. »Entlasst mich bitte.«

Alle sechs standen sich an den Seiten des Tischs gegenüber, der mit allen erdenklichen Herrlichkeiten beladen war. Auch der Windhund hatte sich aufgerichtet und lauerte. Der Blinde war längst weg.

Die drei jagenden Edelmänner kehrten nie mehr nach Hause zurück. Ihre Familien vermuteten, dass sie

Opfer eines unheilvollen Unfalls geworden waren. In der nächsten Saison fanden einige Jäger die Jagdhütte. Nichts Verdächtiges oder Ungewöhnliches: ein langer, sauberer Holztisch, ein Kamin, ein Bärenfell als Teppich. Nur in einer Ecke lag ein Häuflein Knochen. Im ersten Moment dachten die Jäger an einen Hasen, aber dann untersuchte einer von ihnen den Schädel und sagte: »Ein Hund. Vielleicht ein Windhund.«

2.

Dalmazio Tarantini, Verfasser von Briefen

Als nicht sein Bruder, sondern er aus Äthiopien zurückgekehrt war, hatte er das Gefühl, dass seine Eltern, die Nachricht hatten, dass einer von ihnen beiden noch lebte, auf das Gegenteil, auf ein Überleben seines jüngeren Bruders gehofft hatten. Bei seinem Anblick auf der Schwelle, kerngesund und in Uniform, stieß seine Mutter zwar Freudenschreie aus und umarmte ihn stürmisch. Der Vater stemmte sich aus dem Sessel, lief ihm auf wackeligen Beinen entgegen und ließ dabei die Pfeife fallen. Und trotzdem war Dalmazio überzeugt, dass sie viel glücklicher gewesen wären, unendlich viel glücklicher, wenn an seiner Stelle der Bruder vor der Tür gestanden hätte.

Die Mutter sagte, sie hätte sein Leibgericht gekocht, Lammbraten mit Erbsen (was er beileibe nicht verschmähte, aber eigentlich war es das Lieblingsessen seines Bruders), und sein Vater holte eine Flasche Frascati, um, ein Lächeln im Gesicht, auf die Gesundheit des Sohns anstoßen.

Später, als die Eltern sich schlafen gelegt hatten und

er im stillen Esszimmer noch rauchte, stand er auf und trat zur Ablage, wo man Mitteilungen, Rechnungen und Briefe griffbereit aufbewahrte.

Er blätterte ein paar alte Urkunden und Parteibücher durch und nahm sich dann ein Bündel Briefe vor, die von einem Gummiband zusammengehalten wurden. Zog sie einzeln heraus: Die beiden seines Bruders, nur zwei, lagen auf den seinen, etwa einem Dutzend. Man konnte sehen, dass sie mehrmals auf- und wieder zusammengefaltet worden waren, den Falzen entlang war das Papier teilweise ganz dünn geworden und drohte jeden Moment zu reißen, und an den Rändern prangten Fingerabdrücke, vielleicht hatte auch die eine oder andere Träne manche Wörter gebläht und ausgebleicht. Seine so sorgfältig und mit so großer Sehnsucht geschriebenen Briefe hingegen wirkten fast unversehrt.

Er las einen der beiden Briefe seines Bruders. Dieser konnte ihm in Sachen Feinsinn und Setzung der Worte bei Weitem nicht das Wasser reichen, das war offensichtlich.

Der Kerl schrieb:

Obwohl ich beim Poker laufend Gewinne einstreiche, habe ich noch 1500 Lire Schulden und dazu ein paar Kleinbeträge bei Kollegen. Verkauft das Motorrad und schickt mir, was ihr könnt, solange ich jung bin, möchte ich mir so viel Genuss wie möglich leisten und Mädchen um mich haben, bevor die Zeiten ganz schlecht werden … usw.

Zum Ende hin auch ein Gedanke an ihn:

Ich fühle, dass ich mich langsam von allen entferne, von der ganzen Welt, nur nicht von ihm. Sagt ihm das, falls ihr die Gelegenheit habt. Auch wenn er sich aus diesen Worten wie üblich nichts machen wird.

Er faltete den Brief wieder zusammen und legte alles so zurück, wie er es vorgefunden hatte, mitsamt Gummiband.

Dalmazio war versiert in der Kunst des Briefeschreibens und hatte sich unter seinen Kollegen damit einen Namen gemacht, dass er für ein paar Lira oder Zigaretten sehr viel Liebe und Scharfsinn in das Formulieren von Briefen steckte, auch wenn er sich dabei oft wiederholte und literarische Ausdrücke verwendete, die er meist aus Werken großer Schriftsteller abkupferte.

Man beauftragte ihn mit den Schreiben an Verlobte, Eltern, Tanten und Onkel, Freunde. Sogar der Unterfeldwebel war angekommen und hatte ihn um einen Brief an seine Geliebte gebeten. Danach war sein Vorgesetzter allerdings eingeschnappt gewesen und grob mit ihm umgesprungen. Den Kameraden zufolge, weil keine Briefe mehr gekommen waren.

Dabei hatte Dalmazio die ganze Nacht nicht geschlafen, um ungefähr Folgendes zu Papier zu bringen:

Tagsüber beherrschst du meinen Geist wie die Quadratur des Kreises jenen des Mathematikers. In der Nacht brichst du in meine Träume ein wie die Gespenster in die Träume der Schriftsteller. Du bist darin anders als sonst, was ein natürliches Merkmal von Traumbildern ist, aber ich weiß sicher, dass du jenes anmutige Geschöpf bist, von dem ich jede Nacht träume, obwohl das Geträumte sich vom Realen so stark unterscheidet wie der

Große Wagen am Himmelsgewölbe vom quietschend durch die Landschaft rollenden Karren, wie die Adlernase vom Schnabel eines echten Adlers … usw.

Er hatte nie erfahren, was genau an diesem Brief nicht funktioniert hatte. Kurz darauf war der Krieg ausgebrochen.

Als er die Tür zum Schlafzimmer seiner Eltern aufstieß, war er immer mehr davon überzeugt, sein Bruder wäre nur gestorben, um ihm, wie er es zu Lebzeiten zu tun pflegte, einen bösen Streich zu spielen und nun, da er tot und begraben war und damit seine Überlegenheit besiegelt hatte, bis in alle Ewigkeit und unwiderruflich an erster Stelle zu stehen.

»Ich weiß genau, was mein Bruder für einer war«, rief er von der Schwelle aus. Er hatte ein entstelltes Gesicht und schäumte. »Euer heiß geliebter Sohn.«

Die Mutter wachte zuerst auf. Hob den Kopf, kniff die Augen zusammen.

»Ihr habt ihn immer lieber gehabt.«

Unterdessen war auch der Vater aus dem Schlaf aufgeschreckt. Er schaute zu seiner Frau hinüber, konnte im Dunkeln allerdings nicht viel erkennen, vernahm nur das Gezeter seines Sohns. Dann richtete er den Blick auf die Tür, sah immer noch nichts.

»Wie war man stets darauf bedacht, ihn bloß nicht zum Weinen zu bringen …« Seine Stimme klang seltsam unbeteiligt, wie aus der Ferne. »Weil der arme Kleine die schlechte Angewohnheit hatte, beim Weinen die Luft anzuhalten. Der arme Kleine hätte ja ersticken können …«

»Bitte«, sagte die Mutter schließlich.

»Er hat euch schon damals etwas vorgemacht.«

»Bitte«, wiederholte die Mutter leiser.

»Von wegen bitte«, schrie er. »Ich gehe. Ihr seht mich nie wieder.«

Die Tür schlug zu, seine Schritte hallten durch das Esszimmer. Die Frau schluchzte im Dunkeln. Der Vater wollte aufstehen, um das Licht anzumachen. Auf der Suche nach den Pantoffeln streckte er die nackten, dürren Beine Richtung Fußboden und tauchte dabei versehentlich einen Fuß in den halb vollen Nachttopf aus Steingut, den er unter das Bett zu schieben vergessen hatte. Er blieb reglos sitzen. Presste den Lakenzipfel in seiner Faust zusammen.

Dalmazio ging fort in die Abruzzen und schloss sich dort dem Anführer und Vorgesetzten aus der Zeit des Marschs auf Rom an, Nelson, den er oft besucht hatte. Bei seiner Familie meldete er sich nie wieder, von einem Brief an seine Schwester abgesehen, den er am Tag nach der Befreiung schrieb. Eine Antwort blieb aus.

Er wollte sich darin für nichts rechtfertigen, versuchte nur, sich *Gedanken zu machen*:

Tatsächlich habe ich Gelegenheit gehabt, mir über viele Dinge Gedanken zu machen. Mir ist bewusst geworden, dass man Menschen, die man einen neben den anderen stellt, nicht einfach eins plus eins, zwei plus drei addieren kann. Nein, denn wenn eine Gruppe Menschen sich von einer Idee durchdringen lässt, führt das weit über die Arithmetik hinaus – die Freiheit dieser Menschen ist nicht einfach die Summe kleiner, individueller Freiheiten. Zur Berechnung ihrer Leidenschaft reicht es nicht, ihre Leidenschaftsmomente aneinanderzureihen und am Schluss zusammenzuzählen. Vielmehr handelt es sich um ein kompaktes Herzstück aus Freiheit und

Leidenschaft, dem jeglicher Kontakt zu seinen Ursprüngen abhandengekommen ist.

Er schlussfolgerte:

Ich habe gesehen, wie ein Äffchen getötet wurde, ich habe gesehen, wie unschuldige junge Leute getötet wurden. Wozu heucheln? Rein von der Tragödie her konnte ich keinen Unterschied feststellen. Alle sterben gleich: um eine Ausnahme flehend.

Über die Eltern kein Wort. *Nebenbei bemerkt*, schrieb er am Ende,

jenes Äffchen habe ich selbst im Ufergeröll vergraben und dabei an dich gedacht, an das Spielzeug, das du zu Weihnachten bekommen hattest: ein Äffchen in einem Tupfenkleid, das ein rundes Spiegelchen in der Hand hielt. Über Nacht haben Enrico und ich es dir kaputt gemacht. Auch wenn es inzwischen keine Rolle mehr spielt, sage ich es trotzdem: Es war seine Idee. Aber ich bin mir sicher, dass du zuerst ihm verziehen hast und mir erst später oder vielleicht auch nie.

Lass es dir gut gehen. Sieh zu, dass dein Mann dich respektiert.

Dalmazio

3.

Guerino Santoni, Verfasser eines Gedichts und der hastig notierten Zusammenfassung eines Traums

Sein erster Schreibversuch im Alter von elf Jahren, der ihm eine Medaille und den entsprechenden Ruhm einbrachte, nahm seinen Anfang folgendermaßen: Das zu verfassende Gedicht sollte den Titel *Wie könnte man anders, als dich lieben, o Duce* tragen. Er saß da und zerbrach sich den Kopf, aber es wollte ihm partout nichts einfallen. So griff er nach dem erstbesten Buch und schlug es, entschlossen, dort Inspiration zu finden, auf einer beliebigen Seite auf. Es war *Das neue Leben* von Dante.

Er setzte sich aufrecht hin, las: *Und wenn ich nah euch bin, hör' ich den Amor ausrufen: Fleuch, willst du nicht untergehn!* Guerino schrieb: *Wenn ich bei dir bin, weiß genau mein Herz: Davonlaufen ist unnötig, der Untergang ist fern.* Er überlegte. Irgendetwas überzeugte ihn nicht so ganz. Statt »Davonlaufen« konnte er vielleicht auch was ganz anderes nehmen, »Missbehagen« etwa – ein Substantiv, das er gerade vor Kurzem gelernt hatte und das ihm sehr gefiel. Dann also: *Missbehagen ist unnötig, der Untergang ist fern.* So war es wohl besser. Er las weiter. *Das Angesicht verrät des Herzens Farbe und sucht hinsterbend Schutz, wo es nur kann.* Er überlegte kurz. Schrieb: *So möge hinsterben der, dessen Angesicht…* Er hielt inne. *Dessen Angesicht.* Was bedeutete das eigentlich? Er überlegte nochmals, strich es dann durch und schrieb neu: *So möge hinsterben, wer dir zuruft aus dunkler Seele: Stirb, o stirb!* Und immer so weiter, bis zur letzten Strophe. Aus *Jammer, der in dem Sterbeblick sich offenbaret der Augen, die nach ihrem Tod sich sehnen* dichtete er das Finale: *Wer dein liebes Bild nicht im Auge trägt, dessen Blick ist seelenlos, gänzlich unbelebt.*

Die Lehrerin war überrascht und stolz. Zum Onkel des Kinds sagte sie, sein Neffe sei ein wahres literarisches Talent und würde sicher Dichter werden.

Es kam anders. Guerino Santoni versuchte zeit seines Lebens nie wieder, ein Gedicht zu schreiben. Nur einmal, während einer langen Wartezeit im Krankenhaus (seine Frau hatte eine Fehlgeburt erlitten), notierte er auf der Rückseite eines ärztlichen Rezepts einen Traum.

Der Hund, ein alter Bracke, war schon länger krank. Wenn er mit dem Schwanz wedelte, spritzten große Tropfen Blut aus den wunden Stellen und besudelten dem Mann die Hose. Dieser tötete ihn eines kalten Morgens Anfang Winter mit zwei Schüssen aus dem Gewehr, unmittelbar neben einem bereits ausgehobenen Graben. Als er am Vortag geschaufelt und zweimal die Arbeit unterbrochen hatte – beim ersten Mal, um etwas zu essen, dann, um sich die Handschuhe anzuziehen –, war ihm der Hund ins Haus gefolgt. Die Erde war hart und lehmig. Als er ihn begrub, sah er drei eingetrocknete, schwarze Tropfen Blut auf einem Stein direkt beim Grabhügel, dort, wo der Hund sich am Vortag hingelegt hatte, um dem Mann beim Schaufeln zuzusehen.

DRITTER TEIL

Späte fünfziger Jahre

1.

Da wäre auch noch Aurora Giusti, die seit Kurzem Tagebuch führt

15. Dezember

Ich bin zum Bahnhof gegangen. Habe gewartet. Züge kamen an und fuhren wieder ab, alles kam an und fuhr wieder ab, nur ich nicht. Mein Mann ist mit dem Zug gekommen, habe ich mir überlegt, also ist er bestimmt auch mit dem Zug wieder abgefahren, in einem langen langen Zug so lang wie diese Aneinanderreihung von Wörtern hier, Waggons die rollen knarren kreischen und wenn man weit weit hinten sitzt sieht man immer das, was vorne schon vorbeigezogen ist, und will man aussteigen, weil man etwas gesehen hat oder jemanden erblickt, kann man das nie genau da tun, sondern immer nur weiter vorne und muss dann wieder zurücklaufen, um dort hinzugelangen. Vielleicht hatte damals auch er weit weit hinten gesessen und brauchte nur deswegen nicht zurückzulaufen, weil sein Waggon genau vor uns, mir und meinem Vater, zum Halten kam.

Auch meine Mutter hat immer auf Züge gewartet. Wie ist das nur möglich, pflegte sie zu sagen, dass jedes Mal all diese Leute aussteigen und nie ist er dabei, wie ist das nur möglich? Ich hielt sie für verrückt, aber mich selbst halte ich jetzt nicht für verrückt, stattdessen denke ich, dass ich immerhin ihre Tochter bin, immerhin die Tochter einer anscheinend Verrückten, und so viel muss dazu gesagt werden.

War er's etwa nicht? Mein Vater, meine ich. Er redete immer so merkwürdig und blickte beim Laufen ins Leere. Als er einmal in der Abenddämmerung nach Hause kam und sich, ohne mich gesehen zu haben, bückte, um die Schuhe zu binden, stürzte ich, damals noch ein Kind, zu ihm und umklammerte seine Schultern, rieb die Wange an seinem Rücken wie eine Katze, und er richtete sich unvermittelt auf, versetzte mir einen Schlag mit dem Ellbogen. Wer weiß, für wen er mich gehalten hatte, auch wenn er mich danach mit einem Blick ansah, aus dem »Tut mir leid, Kleine« sprach.

Es tat ihm leid, oh, wie leid es ihm tat, jedem tut es leid, um so viele Dinge tut es einem leid im Leben das schlechte Wetter bei der Gartenparty wenn man es eilig hat und das Auto nicht anspringt die Zahnschmerzen beim ersten Rendezvous mit dem Menschen der sich vielleicht als die große Liebe erweist die Liebe von der man träumt und auch um wurmstichige Kirschen und verschwundene Ehemänner tut es einem leid

Kartoffeln (1,5 kg)
Zucker (500 g)
Briefumschlag
Mandarinen (?)

Arzt (wann?)
Gartenamt Zürgelbaum schneiden (18. Dezember, 8 Uhr)
Stromrechnung (warum so hoch? überprüfen)
20 Uhr Zug

16. Dezember

Heute fühle ich mich ein wenig besser, auch wenn mein Gehirn unaufhörlich arbeitet sich Dinge vorstellt für Momente innehält sich wieder in Gang setzt.

Was sonst hat meine Mutter mir beigebracht als das Warten auf Züge und dazu noch das Sterben? Ich habe mir wieder bei diesem Herrn Sowieso ein Sandwich gekauft, er hat nicht mehr gefragt, ob ich die Tochter meiner Mutter beziehungsweise der Frau sei, die dort gestorben ist. Er hat mir das Sandwich gegeben und fertig, hat auch nicht wie beim ersten Mal »Wenn Sie irgendwas brauchen…« gesagt.

Kaum war ich draußen, hatte ich keine Lust mehr auf das Sandwich. Das lag wohl an der Schwangerschaft, ich weiß nicht, dieses ganze Durcheinander. Jedenfalls habe ich das Sandwich unausgepackt gleich in den Mülleimer vor dem Laden geworfen. Eine Minute später habe ich es wieder herausgefischt, bin ein wenig gelaufen und habe es auf einer Bank in Stückchen gerissen, für die Tauben. Diese näherten sich erst sachte sachte, dann immer mutiger. Zupften herum, bewegten ihre kleinen Schnäbel, und ich habe bei mir gedacht: Gott, wie schön sie sind, grau, richtig metallmausgrau, aber wie schön, wie schön.

Dann bin ich zum Bahnhof gegangen. Dort habe ich Hunger bekommen und gedacht: So idiotisch, Tauben füttern, aber der eigene Magen bleibt leer, ausgerechnet, wenn man besonders viel Kraft braucht, um sich auf den Beinen zu halten, trink wenigstens einen Kaffee. Leute kommen raus und gehen rein, und die große Uhr ist eine dieser Ruchlosigkeiten, die man nie in flagranti ertappt, die einen unbewegten, lautlosen Eindruck machen, in Wirklichkeit aber fleißig fleißig arbeiten, auf der Lauer liegen und Komplotte schmieden, genau wie Tumore, verschwundene Ehemänner, Gewitter, Schwindler es tun, und jenes eine Mal, da sie die Wahrheit sagen wie defekte Uhren zweimal, rechtfertigt sämtliche vorausgegangenen Lügen, und man kann nicht einmal sagen, alles sei eine Lüge, einfach weil es nicht stimmt.

Falls er aus dem Zug steigt, falls ich sein Gesicht unter den Hunderten mir entgegenkommenden erblicken sollte, ist es für mich in Ordnung, vollkommen in Ordnung, dass alles eine Lüge ist, beziehungsweise alles minus eins eine Lüge, minus jenes eine Mal, das alles rechtfertigt, und mir ist es egal, ob Lüge oder nicht Lüge Uhr Tumor Schwindler wen kümmert das noch.

Mit Kaffee auf leeren Magen (auch KAFFEE kaufen!) verhält es sich gleich wie mit allem, das ins Leere fällt, er bahnt sich seinen Weg, ohne dass am Ende etwas bleibt, und sein bisschen Wirkung hat nur zur Folge, dass man sich noch leerer fühlt als davor, weil man davor wenigstens nur den Mangel bemerkt hatte, aber nicht die Leere. Jetzt habe ich Magenbrennen und sage zum Barista: »Geben Sie mir sofort etwas zu essen, sonst sterbe ich auf der Stelle und hier vor allen Leuten.« Er sieht sich um und sieht dann mich an und dann sehen mich die anderen Gäste an, die den Kopf oder nur den Blick gewandt haben (die meisten), weil es gut ist, Verrückte und Kranke nicht direkt anzusehen, und der Barista sagt: »Wenn sterben so einfach wäre, Signora.« – »Sie müssen es ja wissen«, herrsche ich ihn an. Laufe dann hinaus, weil der Zug gleich einfahren wird.

L. ruft mich jeden Tag zehn fünfzehn vierzig Mal an, aber ich will ihn nicht hören, schon allein seine Stimme nervt mich, nichts als geschmeidiges Daherreden, wie ein Radio. Er sei besorgt, sagt er, wolle mir behilflich sein, ihn zu finden, wenn mir daran tatsächlich so viel liege, und ich frage mich, was diese Affäre mit ihm eigentlich sein soll. Sage zu ihm, verzeih bitte, aber ich habe keine Lust mehr, überhaupt keine, ich weiß selbst nicht, warum. Ebenso wenig, warum ich vorher Lust hatte. Ich fühlte mich einsam unfruchtbar hässlich, hatte entdeckt, dass er sich mit der Schauspielerin traf. Natürlich ist das keine Rechtfertigung, klar suche ich die Gründe immer irgendwo außerhalb und nie bei mir, aber manchmal hat man es so wahnsinnig nötig, dass die Dinge nicht von einem selbst abhängen.

L. akzeptiert diese Situation faktisch nicht, er zieht über meinen Mann her und sagt, ich solle ihn verlassen, das Kind sei todsicher von ihm. Ich weiß nicht, was mit mir los ist, ob dieses ewige Unbehagen nach und nach zusammen mit mir, mit uns gewachsen ist oder ob es schon von Anfang an in mir lauerte.

Heute habe ich mich in der Schule krankgemeldet.

Am Nachmittag war ich in der Kirche, ich bin hinein und habe gedacht: Was will ich hier, seit dem letzten Mal ist eine Ewigkeit vergangen. Ich habe zu beten versucht. In einer Ecke saß eine Frau, und ich hatte den Eindruck, dass sie kicherte, als ich Sachen, die ich sonst auch dem Friseur erzähle, in eigene Worte zu fassen versuchte. Ich bat ihn: Lass die Zeit des Fernseins, des Ersterbens nicht zu lange werden, ich flehe dich an. Vater unser. Wir wissen nichts, man kennt sich nicht. Auch über dich weiß ich nichts wer du bist wie du bist. Warum musst du so sein? Von ihm weiß ich wenigstens die Schuhgröße und dass er hinter dem Ohr ein Muttermal hat, aber über dich nichts, rein gar nichts, und trotzdem verlangst du von mir Geduld und alles sonst, was Frauen gemacht haben und machen. Er fehlt mir, er fehlt mir ganz schrecklich seine Haut die Grube zwischen Nacken und Hals und auch, wie er Äpfel schält, was für ein Quatsch. Verzeih mir, Herr, habe ich gesagt, siehst du, ich kann nicht einmal ordentlich mit dir reden, ohne Abschweifungen und unnötiges Gejammer, ich gehe jetzt. Du vergegenwärtige dir derweil, vergegenwärtige dir einmal, dass wir wissen, dass wir sterben werden und so wenig Zeit haben, was nicht das Schlimmste ist. Das Schlimmste ist, dass wir ganz genau wissen, dass wir sterben werden und wenig Zeit haben und es trotzdem so ist, als wüssten wir es nicht, als überfiele es uns stets unerwartet. Wissen wir es also oder wissen wir es nicht? Das kann einen ganz verrückt machen, Herr, denk mal darüber nach. Jetzt gehe ich wirklich. Eine letzte Sache noch. Du wirst unter Schmerzen gebären, sagst du. Diese Worte selbst sind Schmerz Wunde Drohung. Warum? Was habe ich denn verbrochen? Warum magst du mich nicht?

Die Frau in der Ecke sah mir nach, als ich ging.

Neben der Kirche ist ein kleiner Park, es gibt auch schöne Rabatten. Ich habe mich niedergekauert, weit und breit niemand zu sehen, auch nicht diese Frau. Mit einem Stein habe ich den Kunststoff aufgeschlagen und es dort begraben. Ein kleines Loch, eine Handvoll Erde genügten. Dann bin ich weggerannt.

17. Dezember

Ein Foto ist vorbeigebracht worden. Er, wie ein Idiot auf einem Sessel, der von meiner Großmutter stammen könnte, an den Füßen die albernen Stiefel, die er an jenem Tag gekauft hat. Er scheint in die Kamera zu blicken, aber da wäre ich mir nicht so sicher. Auf einer Staffelei sitzt eine hässliche Puppe. Der Junge hat gesagt, er wisse nichts, er sei nur der Bote (ins FOTOSTUDIO MOLINARI gehen, siehe Adresse).

Was bedeutet das? Er hat sich nie fotografieren lassen, wir haben kein einziges gemeinsames Foto. Auf Fotos sähen alle tot aus, hat er immer gesagt. Ein Foto machen zu lassen, habe erst einen Sinn, wenn man nicht mehr da sei. Will er mir damit zu verstehen geben, dass ich ihn als Erinnerung betrachten soll? Was muss ich tun? Was kann ich tun? Einstweilen gehe ich zum Bahnhof.

Das SPARBUCH der Post. Hat er es mitgenommen? Gut suchen!

2.

Derweil Guerino beziehungsweise Modesto

Er saß in leicht gebückter Haltung im Abteil, die Knie aneinandergepresst, die Hände dazwischengeschoben. Gegenüber blätterte eine Frau, Hütchen auf dem Kopf, Ehering am Finger, in einer Zeitschrift. Hin und wieder spähte Modesto zu ihr hinüber, sah von ihren Wildlederschuhen aus hoch bis zu den knallrot geschminkten Lippen.

Bei einem Halt stieg ein Mann ein und setzte sich neben die Frau. Die beiden beachteten einander nicht. Modesto drückte sein Gesicht an die Scheibe und sah über den Feldern und Bauernhöfen Wolken, die sich um den letzten Lichtstrahl scharten.

Plötzlich hatte er Lust, Aurora zu schreiben. Er stand auf, um das Notizbuch aus dem Koffer zu nehmen, der über seinem Sitz aus der Hutablage ragte. Als er die Riemen löste, mit einem Finger den Deckel leicht anhob und zu stöbern begann, fiel eine Masse aus Haaren heraus und landete vor den Füßen der beiden Passagiere. Die Frau stieß einen Schrei aus und schmiegte sich an den Mann. Modesto drehte sich um und beeilte sich, die melierte, strohblonde Perücke wieder aufzuheben.

»Verzeihen Sie bitte«, sagte er, »ich bin Schauspieler.« Er stopfte sie in den Spalt zurück, aus dem sie gekommen war, und setzte sich wieder.

Der Mann hatte die Beine übereinandergeschlagen und blickte düster drein, die Frau hielt ihre zerlesene Zeitschrift auf den Knien, die beiden waren unterdessen enger zusammengerückt und zwinkerten sich zu.

Modesto klappte den Tisch unter dem Fenster auf, stützte sich mit dem Ellbogen ab und begann mit dem Brief.

Glaub mir, es war nicht so, als hätte ich mir eine Arche gebaut, sie mit gepaarten Viechern vollgepfercht und dabei vergessen, dass ich selber auch ein Weibchen brauchte, um meinen Samen in Sicherheit zu bringen.

Er hielt inne. Das war zu komplex, auch zu förmlich. Vielleicht fing er besser so an: *Liebe Aurora, ich weiß nicht, wo ich anfangen soll,* usw. Das kam ihm aber zu banal vor. Er schrieb weiter:

Auch nicht, dass ich mich einfach in letzter Minute mit dem erstbesten Exemplar meiner Spezies zufriedengegeben habe, einem mehr als akzeptablen, sichtlich gesunden Exemplar, dessen Name selbst ein Anfang ist.

Was war denn das für eine Art, einen Brief zu schreiben? Trotzdem,

Aurora, sieh es lieber so: Ein Igel schickt, um das Rennen gegen den Hasen zu gewinnen, seine Igelfrau ans Ziel.

So findet der Hase bei seiner Ankunft einen gemütlich hingerekelten Igel vor, der ruft: »Ich bin schon hier!« Ungefähr von einer solchen Komplizenschaft und Liebe habe ich geträumt.

Er hielt erneut inne. Las das Geschriebene durch. Es klang wie eine Parodie auf ein Tierbuch für Kinder. So zog er eine Linie und schrieb direkt darunter: *Nächtlicherweise durch ein Zimmer gehen, deine Stimme hören, stehen bleiben.*

Die Frau hatte die Zeitschrift in der Lackhandtasche verstaut. Der Mann sah immer wieder besorgt in den Gang hinaus. Als Modesto unvermittelt anfing, das Blatt in Stücke zu reißen, sah die Frau den Mann fragend an. Und als er das Fenster öffnete, sich weit hinauslehnte und die Schnipsel davonflattern ließ, wirbelte es einige wieder herein. Eines blieb am Hut der Frau hängen. Sie merkte es nicht, aber der Mann, der den Kopf wandte und kurz über seine Schulter hinaussah, las auf dem am wollenen Hut haften gebliebenen Papierfetzen: *»ekel«*.

Zuerst stand der Mann auf, fast sofort folgte ihm die Frau, und mit raschen Schritten verließen die beiden das Abteil.

3.

Aurora schreibt weiter

18. Dezember

14.35 Uhr

Ich habe mir eine Nudelsuppe gemacht. Ich fühle mich krank, nicht einmal Schreiben hilft.

Die Dinge verlieren, fürchte ich, an Bedeutung, sobald sie aufgeschrieben sind, der Sinn verlagert sich von den Ereignissen auf die Buchstaben, und statt dass sich die Dinge des Lebens entflechten, bleiben sie verwickelt. So, und jetzt schreibe ich: Heute Morgen haben sie den Ast des Zürgelbaums abgesägt. Er war schon da, als wir hier eingezogen sind. Was hat sich durch das Aufschreiben nun verändert? Der Ast ist abgesägt, und ich werde ihn vom Fenster aus nicht mehr sehen. Geändert hat sich somit etwas in meinem Alltag, während hier alles gleich bleibt wie zuvor, von diesem Sammelsurium an Wörtern abgesehen, die niemals eine Vorstellung davon vermitteln können, wie der Ast sich unter der Säge bog wie die anderen Äste knarzten wie ich zitterte beim Zuschauen hinter der Gardine. Alles Übrige, also das Leben, bleibt ein Wirrwarr.

Dabei sind die Dinge manchmal völlig banal. Ich fand es so selbstverständlich, seine Schauspielerin sehen zu wollen, dass ich den ganzen Morgen auf sie gewartet habe, und als sie aus dem Haus trat, packte ich sie am Arm und rief: »Wo ist er? Sag schon, wo ist er?« Sie guckte mich an, als wäre ich eine Bettlerin, machte auch schon Anstalten, die Handtasche zu öffnen. Da sah ich mich auf einmal mit ihren Augen, und Herrgott noch mal, wie leid tat es mir da, dass ich dieselben Kleider trug wie damals, als wir ihr einmal montags im Kino begegnet sind und mir an der Art, wie er sie begrüßte, alles klar wurde, alles. Heute trug ich denselben Mantel dieselben Handschuhe denselben Hut, während sie ganz hochtoupiert war, eine Miezekatze miau miau.

»Ich weiß nichts«, sagte sie erschrocken, und ich merkte, dass es stimmte, wollte sie aber nicht als Siegerin dastehen lassen – da ihr mein ganzes Privatleben ohnehin schon auf dem Tablett serviert worden war, konnte ich sie genauso gut noch etwas tiefer blicken lassen. Ich legte mir die Hände über den Bauch, wie es kleine Mädchen tun, und sagte: »Ich bin schwanger, siehst du, ich bin schwanger«, und während sie davonhastete, fühlte ich mich wirklich wie ein kleines Mädchen und fragte mich: Ist das ein Spiel? Ist das Theater?

Auf dem Rückweg habe ich eingekauft. Die Kartoffeln sind teurer geworden. Ich habe auch einen Panettone genommen.

Vor dem Portal bin ich dem unsympathischen Nachbarn mit seinem blöden Hund begegnet. Sein Blick schien zu sagen: Da kann man nichts machen, so ist das Leben, meine Teure.

Ich bin die Treppe hochgelaufen und hatte das Gefühl, etwas vergessen zu haben, und als ich die Wohnung betrat, machte ich kein Licht an. Was habe ich vergessen, was habe ich vergessen, ach, egal. Ich saß wie eine mechanische Puppe auf dem Sofa, vielleicht eine ganze Stunde lang, während es draußen dunkel wurde. Schließlich schaffte ich es, aufzustehen. Ich habe den Panettone angeschnitten und beinahe die Hälfte aufgegessen. Kaffee! Das war es, was ich vergessen hatte.

19.05 Uhr

Bin gerade aus dem Fotostudio des alten Molinari zurückgekehrt. Er hat mich eine gute Stunde aufgehalten, um mir zu erklären, er hätte gleich das Gefühl gehabt, das sei kein Einheimischer, er habe so orientierungslos gewirkt und sich in den Sessel gesetzt wie jemand, der nach langem langem Unterwegssein eine Rast einlegt. Erst da hat er mich richtig angesehen und gefragt: »Wie stand er zu Ihnen?« Ich musste kurz überlegen, und als ich »Ehemann« sagte, hielt er sich die Hand ans Ohr und fragte: »Hä?«

Ich erzählte ihm ein paar Dinge, während er mir einen Tee zubereitete und fortwährend nickte. Sogar von damals, als ich wegen der Fehlgeburt im Krankenhaus lag, erzählte ich: Ich schlage die Augen auf, und was sehe ich vor mir? Meinen Mann in dem Rollstuhl, der eigentlich für mich vorgesehen war, für den Fall, dass mir nicht nach Laufen zumute wäre, und stattdessen fährt er darin hin und her, hebt sogar die Räder an, als säße er auf einem Fahrrad. Wäre ich nicht so geschwächt gewesen, hätte ich geschrien: »Schweeester, da sitzt einer in meinem Zimmer, werfen Sie ihn bitte raus.« Da hat der Fotograf gesagt: »Schwester? Bist du Krankenschwester, Töchterchen?« Ich habe ihn umarmt, und eine Weile saßen wir so da. Er verströmte den Geruch eines alten Manns, der schon ein Leben lang allein lebt. Ich versprach ihm, ihn wieder zu besuchen.

Warum hat er den Fötus heimlich in der abgeschlossenen Schublade aufbewahrt, warum? Wen habe ich begraben, unseren Sohn oder unsere Tochter oder wen? Ich verstehe rein gar nichts mehr.

Heute Abend gehe ich nicht zum Bahnhof, mir fehlt die Kraft. Ich habe auch keine Lust, etwas zu essen. Im Übrigen habe ich heute ja fast einen ganzen Panettone vertilgt. Dafür schlürfe ich Kräutertee, auch jetzt, während ich schreibe. Das Telefon klingelt. Bin gleich zurück.

Es war L. Er hat mich gebeten, bei ihm einzuziehen. Das komme nicht infrage, habe ich gesagt. Da hat er begonnen, über ihn zu reden und herzuziehen. L. zufolge hängt die Sache mit dem Brief zusammen. Tatsächlich hat damit alles angefangen. Tausend Zweifel quälen mich. Was hatte sein Gerede über diesen Dingsda von Vogel zu bedeuten, der seine Beute anscheinend erst nach einer Weile vertilgt? Und dann die Tatsache, dass er mir nie von seinen Eltern erzählt hat. Nur einmal erwähnte er, seine Mutter sei gestorben, als er, glaube ich, drei oder vier war, und sein Vater oder sein Onkel habe die Leiche fotografiert.

Nun, da ich darüber nachdenke, fällt mir noch mehr ein. Seine Reaktion beispielsweise, als ich erzählt habe, dass ein Landsmann von ihm in unserer Schule eine Stellvertretung übernommen hat, und er hat sich nicht einmal nach seinem Namen erkundigt. Umgekehrt hörte der Kollege seinen Familiennamen zum ersten Mal, aber er hatte ebenfalls nicht allzu lange in diesem Ort in der Nähe von Rom gelebt.

L. sagt, dass er ein paar Anrufe getätigt, das Personenregister überprüft, aber nichts gefunden habe. Er hält mich für ganz schön bescheuert: Gott allein weiß, was für einen Unmenschen Mörder Irren du geheiratet hast, und so weiter und so fort.

Da habe ich aufgelegt. Ich habe Kopfschmerzen. Ich will jetzt einfach nur schlafen.

4.

Der Blitz

In der Nacht nach Modestos Ankunft in Genua gab es ein Gewitter. Er hatte sich ein Zimmer in einer Pension neben der Kirche genommen, hinter einem Schrankenwärterhaus und einem Bahnübergang. Von der ersten Etage aus konnte er sowohl die Schranken als auch eine Seite des Backsteinbaus sehen, an dem auf rotem Untergrund grüne Fensterläden prangten.

Er wachte auf und sprang aus dem Bett, als es von den Schienen her laut krachte wie von einer Explosion. Die Glühbirne ging von selbst an und zwang ihn, die Augen zuzukneifen, die Scheiben zitterten so stark, dass er fürchtete, sie könnten zu Bruch gehen. Es musste geblitzt haben. Nur mit Mühe konnte er danach wieder einschlafen.

Als er sie am nächsten Morgen anprobierte, stellte er fest, dass die strohblonde Perücke ihm überhaupt nicht stand. Unter den Augen hatte er Tränensäcke, zwischen den Brauen ein paar neue Falten. So schaute er noch einmal im Koffer aus Wildschweinleder nach, der offen auf dem Bett lag: Außer dem falschen Schnurrbart, Leim und einer Brille fand er nichts. Er versuchte das Haar der Perücke zusammenzubinden. Ein paar Strähnen fielen ihm immer noch in die Stirn, aber so war es jedenfalls besser. Dann packte er mit einer Hand die Staffelei, mit der anderen den Holzkasten und ging hinaus.

Unweit des Bahnübergangs, der nun mit Gittern abgesperrt war, machten sich Arbeiter zu schaffen. Einer kletterte auf einen Telegrafenmast und rief den anderen von oben etwas zu. Modesto ging die Schienen entlang und sah auf das nahe Meer, das sich vor ihm wie eine da und dort gekräuselte Lackschicht ausdehnte, bis er nach wenigen Metern vor dem Glockenturm und der gelben Kirche stand. Er stieg die Stufen hoch und steuerte auf eine Ecke des Vorplatzes zu. Stellte die Staffelei auf, öffnete den Holzkasten, zog eine kleine Leinwand, Farben und zwei Pinsel heraus. Als das Portal aufging und, einen Besen in der Hand, der Kirchendiener erschien, hatte Modesto bereits den Meerstreifen gemalt und nahm eben das Fries in Angriff, das die Erde und darauf die Schienen darstellen würde.

Der Blitz hatte das Glas der Fensterrose zu Bruch gehen lassen. Hin und wieder zum Maler hinüberlinsend, sammelte der Kirchendiener die Scherben auf, die über den ganzen Kirchplatz verstreut waren. Er hielt kurz inne.

»Finden Sie es normal, dass sie von innen nach außen gefallen sind?«, fragte er, hob dabei den Kopf und schaute nach oben. »Ich meine, wenn der Blitz draußen war, warum ist das Glas dann von innen her zu Bruch gegangen?« Er sah zum Maler hinunter. »Können Sie mir das erklären?«

Aus der Kirche drang der Singsang eines Gebets.

Ohne von der Leinwand aufzusehen, sagte Modesto: »Ich weiß nichts über Blitze. Ich kann sie höchstens malen.«

Der Kirchendiener legte den Besen beiseite und trat zur Staffelei. Betrachtete die Leinwand, dann die Schienen und das Meer.

»Aber wenn jetzt Tag ist«, sagte er, »warum malen Sie dann, als wäre es Nacht?«

»Wie sollte ich nachts die Dinge erkennen?«

»Da haben Sie recht.«

Der Mann nahm den Besen wieder zur Hand und kehrte die Bruchstücke in der Ecke zu einem Häufchen zusammen.

Die Messe war vorbei. Das Portal ging auf. In Dreier- oder Vierergruppen strömten größtenteils Frauen heraus und traten den Nachhauseweg an. Am Schluss erschien der Pfarrer auf der Schwelle. Er wollte gerade etwas zum Kirchendiener sagen, da bemerkte er den Maler. Ein Bein noch im Gotteshaus, hielt er inne und spähte über die Schulter des Unbekannten hinweg auf das Gemälde. Der Himmel war ein dickes, schwarzes Band mit ein paar verstreuten Sternen, ohne Mond; das Meer darunter war dunkelblau; und schließlich gab es eine Lokomotive, die, eine Rauchfahne ausstoßend, über gewundene Schienen links ins Bild drängte; die Gleise, mit hellen Pinselstrichen dargestellt, zogen sich bis auf die andere Seite des Gemäldes hinüber, um jedoch im letzten Abschnitt, der so schwarz war wie der Himmel, auf einmal vollständig zu verschwinden.

Don Sebastiano trat, den Fuß nachziehend, näher und stellte sich neben den Maler. Dieser warf ihm einen schiefen Blick zu, wandte sich dann wieder der Leinwand zu.

»Was ist mit den Schienen passiert?«, fragte der Pfarrer und zeigte auf das Gemälde. »Plötzlich sind sie weg.«

»Ein Blitz«, antwortete Modesto.

»Der von heute Nacht?«

»Auch.«

»Nimm die Perücke ab!«, sagte Don Sebastiano.

Der Kirchendiener hatte irgendwo einen Jutesack aufgetrieben und schüttete nun mit der Kehrschaufel die Glasscherben hinein.

Sie verstauten die Staffelei, die Leinwand und den Holzkasten in der Sakristei. Gingen zum Hafen hinunter. Setzten sich an einem Quai auf ein Mäuerchen. Modesto hatte die Perücke abgenommen und in die Manteltasche gesteckt. Eine Strähne ragte heraus, pendelte hin und her. Ein Boot kehrte gemächlich in den Hafen zurück, Heck voran. Weiter drüben zeichneten sich große Werften ab.

»Hast du etwas von meinem Vater gehört?«

»Er lebt, wenn es das ist, was dich interessiert.«

Modesto blickte geradeaus.

»Wie geht es ihm?«

»Anscheinend gut. Auch wenn er langsam abgibt.«

»Was heißt das?«

»Er behauptet beispielsweise, eine Stimme rede zu ihm, wenn er über die Brücke geht. Sie plaudern, sagt er. Sobald er auf der anderen Seite ist, verschwindet die Stimme. Dasselbe auf dem Rückweg. Mit anderen Worten, er führt Selbstgespräche.«

»Hat er Hilfe?«

»Da ist immer noch Michele, der Nachbar.«

Das Boot war inzwischen an einem Steinpoller vertäut worden. Zwei Burschen in Ölzeug und hohen Stiefeln beugten sich über die Fische und sortierten Exemplare aus.

»Und Dalmazio?«

»Ihm geht es am allerbesten.«

Ein Fisch schnellte aus dem Netz. Einer der beiden Fischer packte ihn und warf ihn zurück.

»Ich habe einen Brief bekommen.«

»Was für einen Brief?«, fragte Don Sebastiano.

»Einen anonymen«, sagte Modesto. »Mit Anspielungen auf jene üble Geschichte.«

»Ich bekomme Jahr für Jahr einen zu Weihnachten. Die Mutter des Sarden schickt mir Glückwünsche.«

»Des Sarden?«

»Einer der drei war doch aus Sardinien, der Partisan, nicht?«

»Das hatte ich vergessen.«

»Sie wünscht mir ein frohes Weihnachtsfest und dankt mir dafür, dass ich bis zum Schluss für ihren Sohn da war.«

Eine Weile schwiegen beide.

»Und was antwortest du?«, fragte Modesto schließlich.

»Was soll ich ihr schon antworten?«

»Keine Ahnung, irgendwas.«

»Ich schreibe, dass ich für die Seele ihres Sohns bete.«

Die Fische lagen nun in Kisten, die am Quairand aufgereiht waren. Einer der beiden Burschen saß wartend auf dem Poller. Der andere war verschwunden.

»Ich habe an jenem Abend deinen Vater besucht.«

»Ich weiß.«

»Um ihn zu bitten, deinem Onkel etwas zu sagen. Beziehungsweise ihn aufzuhalten.«

»Er wird nicht auf dich gehört haben.«

»Er hätte beinahe den Hund auf mich gehetzt.«

Ein Lastwagen kam im Rückwärtsgang auf den Quai gefahren und hielt an. Der Bursche stand auf und ging einem Mann mittleren Alters entgegen, der auf der Fahrerseite ausgestiegen war. Sie begannen zu diskutieren. Im Wagen wartete eine junge Frau.

»Sag mir die Wahrheit«, sagte Don Sebastiano. »Du hast diesen Brief selbst geschrieben, oder?«

Modesto drehte den Kopf und starrte ihn an. Er war gealtert, hatte tiefe Falten um Augen und Mund und die Gesichtsfarbe einer Person, deren Gesundheit noch nie besonders gut gewesen ist. Das kranke Bein hielt er schräg zur Seite ausgestreckt.

»Ich habe ihn nicht geschrieben«, sagte Modesto.

»Was mich betrifft, weißt du genau, dass ich das nie tun würde.«

Der Bursche und der Fahrer diskutierten immer noch, die junge Frau öffnete die Tür und stieg aus. Dabei legte sie sich eine Hand unter den Bauch: Wahrscheinlich war sie im letzten Monat. Mit schwerfälligen Schritten trat sie zu den Männern. Bei ihrem Anblick wandte der Bursche sich ab.

»Don Sebastiano, glaubst du noch?«

»Woran?«

»Du weißt, was ich meine.«

»Inzwischen warte ich nur noch auf die apokalyptischen Reiter«, sagte der Pfarrer.

Die junge Schwangere sagte etwas zum Burschen, der immer noch aufs Meer sah. Der Fahrer hielt sich etwas abseits.

»Gib mir Bescheid«, lächelte Modesto, »falls sie tatsächlich auftauchen sollten.«

Die drei am Quai hatten sich für diesmal einigen können. Die Männer luden die Kisten mit den Fischen in den Lastwagen. Die junge Schwangere ließ sich beim Einsteigen vom jungen Burschen helfen, der sich neben sie setzte. Der Lastwagen fuhr los.

Der Pfarrer erhob sich, streckte die Hand aus. »Ich habe mich über das Wiedersehen sehr gefreut, Guerino.«

Auch er sprang auf. Sagte nur: »Don Sebastiano.«

Sie standen am Quai, und einen Moment lang nahm der Pfarrer Guerinos Hand in seine.

»Du hast noch deine Sachen in der Sakristei.«

»Ich überlasse sie dir.«

»Dein Meisterwerk ist dort«, sagte der Pfarrer mit einem Lächeln.

»Das überlasse ich dir auch«, sagte Guerino.

Erst als Don Sebastiano die Schienen entlanghinkend hinter einer Kurve verschwand, wandte Guerino die Augen von ihm ab und sah stattdessen auf das Meer. Die Sonne stand hoch, ohne dass sie wärmte. Auf dem Boden, wo die drei diskutiert hatten, erblickte er auf einmal die funkelnden Schuppen eines noch lebenden, nach Luft ringenden Fisches. Er sah ihm ein paar Sekunden lang zu. Nur ein paar Schritte, und er könnte ihn mit dem Fuß wieder ins Wasser zurückbefördern. Nach weiterem Zaudern setzte er sich endlich in Bewegung, da schnitt ihm eine Katze den Weg ab, und im Nu war der Fisch verschwunden.

Als er zur Pension zurückkehrte, sah er, dass der Bahnübergang in Ordnung gebracht worden war. Aus dem Schrankenwärterhäuschen roch es nach Frittiertem. Keine Menschenseele war unterwegs. Er schob die Hand in die Tasche und fühlte ein Stechen. Zog die

Perücke heraus und warf sie weg, mitten auf die Straße. Als er die paar Stufen zum Eingang hochstieg, wandte er sich um: Aus Distanz betrachtet, sah dieser Haarschopf aus wie ein Tier. Er lächelte. In wenigen Minuten würden die Glocken läuten.

5.

Die Statue des Dichters

»Bitte, bitte«, sagte der Mann im Zweireiher, mit Seitenscheitel und Krawatte. »Signor Pacini, nicht wahr?«

Der Besucher, ein skurriler Typ mit üppigem Schnurrbart und Hornbrille, nahm vor dem massiven Schreibtisch Platz, auf dem ein Telefon stand und bestens geordnete Mappen lagen.

»Sie haben meiner Sekretärin gegenüber erwähnt, dass wir zusammen zur Schule gegangen sind«, sagte der Mann im Zweireiher. »Tatsächlich kommt mir Ihr Gesicht bekannt vor.«

»Ja«, sagte der andere, »wir haben auch zusammen geschwänzt und sind in der Stadt herumgezogen, mit zwei Kumpels ... Der eine hieß Ricci, glaube ich ...«

»Aber natürlich«, bemerkte der Mann hinter dem Schreibtisch. »Natürlich erinnere ich mich an Ricci.«

Hinter ihm war ein großes Fenster. An einer Wand hing das gerahmte Porträt eines kahlköpfigen, bebrillten politischen Führers.

Das Telefon klingelte. Der Mann nahm den Hörer ab. Er hielt die Sprechmuschel gegen die Lippen gepresst. »Heute Abend kann ich nicht, Schatz. Ich gehe Bridge spielen, hast du das vergessen?«

Als er auflegte, lehnte er sich zurück, trommelte mit den Fingern auf dem Schreibtisch, fixierte den Mann, der vor ihm saß.

»Sie suchen also eine Wohnung…«

»Ja«, sagte der andere. »Und ich habe mir gedacht: Wer könnte mir besser helfen als mein ehemaliger Schulkamerad?«

»Richtig, richtig.« Er zog ein Faltblatt aus der Schublade und reichte sie dem Schnurrbärtigen. »Das zum Beispiel«, er zeigte auf die bunte Zeichnung eines hohen Wohnhauses mit einem grünen Garten ringsum und einigen stilisierten Autos davor, »ist unser neues Projekt an der Piazza Duca D'Aosta.«

»Sehr interessant.« Der Mann mit Schnurrbart drehte das Faltblatt in den Händen.

»Sie dürfen es behalten.«

»Danke.«

»Stets zu Diensten«, sagte der Mann hinter dem Schreibtisch und sah auf seine Armbanduhr. »In ein paar Minuten hätte ich einen anderen Termin…«

Der Schnurrbärtige stand auf. »Natürlich, ich habe Sie ohnehin schon zu lange aufgehalten…«

»Aber nein doch.«

Er hielt ihm lächelnd die Tür auf. Im Hinausgehen hielt der Mann mit Schnurrbart kurz auf der Schwelle inne, musterte den anderen, sagte: »Erinnern Sie sich tatsächlich an mich? Ich möchte Sie nicht zu einer Lüge gezwungen haben…«

Da rückte der Mann im Zweireiher ganz nah an ihn heran und flüsterte ihm ins Ohr: »Wir sehen uns in der Bar an der Ecke. In einer halben Stunde.« Dann wandte er sich an die Sekretärin: »Signorina Lupi, ich brauche die erwähnten Unterlagen, und zwar sofort.«

Der Schnurrbärtige hatte sich schon treppabwärts in Bewegung gesetzt, ohne auf den Lift zu warten.

»Wann bist du angekommen?«, fragte Dalmazio.

»Heute früh, mit dem Zug.«

»Du siehst gut aus, Guerì.« Er klopfte ihm auf die Schulter.

»Danke.«

»Was trinkst du?« Dalmazio hielt Ausschau nach dem Kellner.

»Entscheide du.«

»Okay.« Er winkte den Kellner heran. »Und wo bist du untergekommen?«

»In einem Hotel in Bahnhofsnähe.«

»Zwei Campari«, sagte Dalmazio zum jungen Kellner, der herangetreten war. »Sonst nichts? Bist du sicher?«, fragte er Guerino, der ihm gegenübersaß.

»Bestens so, danke.«

Der Kellner ging. Die alten Kameraden sahen sich wieder an.

»Erzähl mir von dir. Du bist also verheiratet«, sagte Guerino. »Kinder?«

»Zwei.«

»Gut.«

Draußen verdüsterte sich der Himmel, und es begann zu schneien. Die Bar füllte sich. Leute kamen herein, um Schutz zu suchen, etwas Warmes zu trinken, weiterzuziehen. Beide schienen sich hier unwohl zu fühlen. Erst als sie den Ort verließen und ein Restaurant betraten, dort vor zwei blutigen Steaks und einer Flasche Rotwein saßen, lockerte Dalmazio die Krawatte, legte Guerino die Brille auf den Tisch.

»Und jetzt verrate mir«, sagte Dalmazio und wischte

sich den Mund mit einem Stofftaschentuch sauber, »wem du diesen Schnurrbart geklaut hast.«

»Das glaubst du nie«, lächelte Guerino. »Meiner Geliebten.«

»Nein.«

»Darauf kannst du wetten.«

Sie lachten sich halb tot. Als der Kellner ankündigte, dass sie gleich schließen würden, erzählte Guerino über zwei leere Flaschen hinweg von der Perücke und der Episode im Zug.

»Und auf dem Papierfetzen stand wirklich *Ekel?«*

»Ich schwöre es. Ich habe ihn aufgehoben, als sie rausgegangen sind…«

Dalmazio lachte herzhaft. »Glaubst du, das war ein Liebespaar?«

»Bestimmt.«

Der Kellner kam zum zweiten Mal.

»Ich zahle gern was drauf«, sagte Dalmazio, »wenn Sie uns nicht gleich in die Kälte rausjagen.«

»Tut mir leid, meine Herren.«

In ihre Mäntel eingemummelt, die Kragen hochgeschlagen, taumelten sie hinaus, gingen über die Straße und direkt hinein in die erste offene Bar. Nachdem sie auch die wieder verlassen hatten, fanden sie sich auf einem Platz wieder.

Guerino blieb stehen und sah schwankend nach oben: Vom Himmel fielen leichte, kreisende Schneeflocken. Er schloss die Augen und stand eine Weile so da, die Hände in den Taschen vergraben. Dalmazio saß direkt auf dem Pflaster und versuchte sich eine Zigarette anzuzünden, was ihm wegen des fallenden Schnees nicht gelang. Irgendwann neigte er sich zur Seite und erbrach einen dünnen Strahl Galle und Alkohol.

Guerino öffnete die Augen und sah ihn an. »Erinnerst du dich an mein Äffchen?«

»Was Äffchen, wo Äffchen?«, sagte Dalmazio und wischte sich mit dem Ärmel den Mund sauber.

»Damals hast du auch erbrochen.«

»Wann?«

»Als mein Onkel es erschossen hat«, sagte Guerino.

»Woher weißt du das? Von ihm?«

»Ja.«

»Dein Onkel, dein Onkel«, brummte Dalmazio und suchte nach der Zigarette, die ihm in den Schnee gefallen war.

»Du hast mich in ein Irrenhaus abgeschoben.«

»Ja.« Sein Kopf baumelte zwischen den gespreizten Beinen und berührte beinahe den Boden. »Du warst übergeschnappt. Ich habe dir einen Gefallen erwiesen.«

»So so, einen Gefallen?«

»Das kannst du laut sagen.«

»War der Brief von dir?«

Dalmazio hob den Kopf und rülpste. »Leider scheinst du immer noch nicht geheilt zu sein.«

Guerino lachte auf, streckte die Arme aus und begann sich im matten Licht der Straßenlaternen im Kreis zu drehen. Auf einmal hielt er inne und salutierte in Richtung der Statue des Dichters, die sich mitten auf dem menschenleeren Platz erhob. Schneeflocken legten sich zu einer Masse verschmelzend auf die Flecken aus Vogelkot, die über den Kopf und den bronzenen Mantel verteilt waren.

Er sah zu Dalmazio, der immer noch seine Zigarette suchte. »Grüßt du den Dichter nicht?«, fragte er.

»Hast du was zu rauchen?«

»Nein.«

»Verdammt«, sagte Dalmazio und versuchte sich hochzurappeln.

Nun fiel der Schnee in dichteren Flocken. Guerino trat zu seinem Kameraden, bückte sich, um ihm aufzuhelfen. Dalmazio ließ sich an den Armen hochziehen und kam endlich wieder auf die Beine. Er hatte an Gewicht zugelegt, die untere Hälfte des Gesichts und des Bauchs waren in die Breite gegangen. Sein Mantel und die Hose trieften vor Nässe.

Er stand einige Sekunden an seinen Hals geklammert da, dann schaute er an Guerino vorbei auf den Platz, sagte: »Wo ist sie nur geblieben?«

»Vergiss sie, sie liegt irgendwo im Dreck.«

»Ich meine sie.«

»Wen?«

Guerino drehte sich um und sperrte Mund und Augen auf. Die Statue des Dichters war weg.

»Das hat uns gerade noch gefehlt«, sagte er.

Dalmazio musste lachen. »Warten wir ein bisschen, vielleicht taucht sie ja wieder auf.«

Sie gingen näher heran. Selbst der Sockel war weg. Nur ein paar Bretter lagen noch da, umgeben von einem Eisengeländer.

»Mal abwarten«, sagte Guerino.

Diesmal rutschten beide am Geländer entlang geräuschvoll zu Boden. Dalmazio legte den Kopf auf die Schulter seines Gefährten und schloss die Augen.

»Kotz mich bloß nicht an«, sagte Guerino.

»Schau mal die zwei Penner!« Zwei Männer, anscheinend Arbeiter, musterten sie von oben bis unten. »Weg mit euch, los.«

Dalmazio schreckte hoch, am Mund ein Speichelfaden. »Was ist?«

Guerino sah die beiden an. Murmelte: »Wir warten auf den Dichter. Ist das zufällig verboten?«

Die beiden wechselten einen Blick.

»Sie warten auf den Dichter«, sagte der eine.

»Potzblitz«, sagte der andere.

Sie lachten. Dann redete wieder der Erste: »Das dürfte ein ziemlich langes Warten werden.«

»Er hat sich Urlaub genommen«, fügte der Zweite an. »Das dürfen auch Dichter, nicht wahr?«

Da stand Dalmazio auf. »Wollt ihr uns verarschen?«, sagte er und versetzte den beiden einen Stoß. Guerino machte es ihm ohne Überlegen nach.

Von der Fortsetzung blieb ihm nur in Erinnerung, dass der Schnee nicht aufhören wollte zu fallen und ihm in die Augen, in den Mund geriet, sich dort mit dem Blutgeschmack vermischte, der sich im Gaumen ausbreitete. Er versuchte, den Kopf gerade zu richten, aber es fühlte sich an, als hätte der sich aus der Verankerung gelöst und ließe sich nicht mehr bewegen. Umso mehr bewegte sich alles rundherum: wirbelte, barst, sprühte Funken, drang in Ritzen ein, hörte erst auf, wenn es einen Untergrund gefunden hatte.

Ein Straßenfeger weckte ihn, fragte, ob er sich schlecht fühle. Er hob den Kopf. Die Straßenlaternen waren ausgeschaltet, obwohl es immer noch dunkel war. Der Platz wirkte verlassen.

»Ich fühle mich gut«, sagte Guerino und konnte keinen Muskel bewegen, ohne Schmerzen zu spüren.

»Der andere ist gegangen, er sei in Eile, hat er gesagt.« Der Straßenfeger streckte ihm ein Dutzend Geldscheine hin. »Das soll ich Ihnen geben.«

Guerino sah auf die Mitte des Platzes.

»Behalt sie«, sagte er.

Er stand auf, machte ein paar Schritte. Im Schnee, neben einem Blutfleck, lag sein verknautschter Schnurrbart. Der Straßenfeger hielt sich etwas abseits und beobachtete ihn.

»Was ist mit der Statue passiert, die hier stand?«

»Sie ist heute Nacht abmontiert worden«, sagte er. »Wegen der Bauarbeiten für die Metro.«

Guerinos Stiefel hatten an zwei, drei Stellen einen Riss, und der Schneidezahn aus Porzellan war weg. Sobald der Schnee geschmolzen wäre, würde ihn irgendein streunender Hund finden. Er entfernte sich mit kleinen Schritten durch die langsam einsetzende, sonnenlose Morgendämmerung.

6.

In rötlichem Gewölk

Er fuhr mit dem Zug an der Adria entlang bis Giulianova. Dort nahm er den Bus. In Teramo stieg Guerino als Letzter aus. Er war ohne Koffer unterwegs, da er nicht mehr ins Hotel zurückgekehrt war. Am Auge hatte er eine Prellung, die Augenbraue war geplatzt, dazu kam noch der zum zweiten Mal ausgefallene Zahn. Er hielt sich dicht an den Häusern, hatte Schmerzen und blieb zwischendurch immer wieder stehen. Ihm war übel, und er befürchtete, jeden Moment in Ohnmacht zu fallen.

Er stieß auf wenig Menschen und viel Nebel. In der Nacht war offensichtlich reichlich Schnee gefallen. An der Piazza del Duomo betrat er eine Bar und bestellte einen Espresso. Niemand erkannte ihn. Umgekehrt gab er sich keine Mühe, irgendein vergessenes Gesicht wiederzuerkennen. Der Barista, ein junger Mann mit pomadiertem Haar, schaute ihn neugierig an. Er begutachtete sich auch selbst, im Wandspiegel über den aufgereihten Gläsern, und sah sein abgemagertes Gesicht, die Prellung, die auf Höhe der rechten Augenbraue wie ein schlapper Luftballon herabhing.

»Sie sind nicht von hier, oder?«, fragte der Barista

und wies auf das blaue Auge: »Sie bräuchten irgendeinen kühlenden Umschlag.«

Für eine Antwort fühlte er sich zu schlecht. So lächelte er nur und stellte die Tasse wieder ab. Beim Rausgehen betrachtete er die Fassade des Doms: Schon immer hatte er den Eindruck gehabt, sie bestünde aus Bauresten, Überbleibseln anderer Gebäude, sei jedoch mit dem Auge eines kunstfertigen Ziseleurs zusammengesetzt worden.

Er bog in eine Arkade ein. Aus der städtischen Verwaltung tröpfelten schweigsame Angestellte auf dem Weg in die Mittagspause. Nach einer kurzen Rast neben den halbrunden Überresten des Amphitheaters überquerte er den Corso, gelangte zu einem Kreisel und schlug das Sträßchen ein, das einst zum Bach hinuntergeführt hatte. Unterdessen waren auf beiden Seiten zwei- und dreistöckige Häuser erbaut worden. Er ging über die Brücke und folgte dem nun schön ausgeebneten alten Karrenweg, der zum Haus seines Vaters führte.

Seine Stiefel schmatzten im Schneeschlamm, als er um das Grundstück herumging und sich von hinten, von der Seite des Wäldchens her, näherte. Der Schuppen war noch an Ort und Stelle, und weiter vorne sah er etwas unterhalb das Haus und ein erleuchtetes Fenster. Aus dem Schornstein stieg ein Rauchfaden. Eine Weile stand er da und betrachtete das Haus. Dann drückte er die Tür des Schuppens auf und ging hinein. Ein leerer Blechkanister und an die Wand gelehnt eine Hippe. Am Boden lagen ein paar Bretter. Er setzte sich darauf, streckte die Beine aus. Sein Darm rumorte in der Stille.

Eine Weile dachte er an nichts, lag niedergeschlagen da und ruhte sich aus. Dann fiel sein Blick auf einen geflochtenen Strohhut, der neben der Tür hing. Er streckte die Hand nach ihm aus. Der Hut war sorgfältig von Hand gemacht, hatte eine breite Krempe und schön geflochtene Ränder. Wenn man vom Kopfumfang absah, hätte man ihn beinahe für einen Damenhut halten können. Lächelnd stellte er sich seinen Vater beim Flechten vor und wie er ihn sich zur Anprobe überstülpte. Er schnupperte daran. Geruch nach feuchtem Heu.

Ein Hund bellte. Es war wohl ein neuer, er klang aggressiver. Als es quietschte und er seine Stimme hörte, sprang er auf. Sein Vater sagte zum Hund: »Was ist denn los? Sei still.«

Leise öffnete er die Tür und trat hinaus. Die Luft war immer noch kalt, der Himmel düster. Er empfand so viele Dinge und ihr exaktes Gegenteil auf einmal, hatte eine solche Mühe, sie klar voneinander zu unterscheiden, dass er nicht hätte sagen können: Gut, in diesem Moment fühle ich mich so oder so. Dennoch überwog eine Empfindung, die ihn davon abhielt, den Umkreis des Schuppens zu verlassen, und ihm nur gerade die Kraft ließ, auf das Haus hinunterzuschauen, auf den Vater, der den Hund fütterte, während die Kette rasselnd am Boden schleifte.

Er hob den Blick zum Himmel. Dachte daran, wie ihn sein Vater einmal in der Abenddämmerung auf einen Vogelschwarm aufmerksam gemacht hatte. Wenn er sich richtig erinnerte, waren es Stare gewesen. Vor einem makellosen Hintergrund in Tönen von Rosa hatten Hunderte von Vögeln immer kompliziertere geometrische Figuren gebildet: Auf den Seiten verbreiterten sie sich zu einer Ellipse, um sich gleich darauf in eine Art Amboss mit spitzen Enden zu verwandeln und dann wie ein Band um eine unsichtbare Stange zu gleiten. Die Kälte spürte er nicht.

Er verweilte dort, bis sein Vater wieder im Haus verschwand und hinter sich die Tür verriegelte. Dann kehrte er in den Schuppen zurück, streckte sich in einer Ecke aus, legte den Kopf auf den Strohhut und schlief ein paar Stunden. Am späteren Nachmittag, kurz vor Sonnenuntergang, saß er bereits wieder im Bus Richtung Rom. Unterwegs konnte er seinen Blick nicht von den Bergen in der Ferne abwenden, die ihm vorkamen wie von einem Hochwasser angeschwemmte und zurückgelassene Findlinge, umgeben von Schaum aus Wolken und Schnee.

In Rom nahm er sich ein Zimmer in der Nähe des Bahnhofs Termini und aß in einer Trattoria unmittelbar daneben zu Abend. Wenig später legte er sich todmüde schlafen, ohne sich auszuziehen. Am nächsten Tag kam er nur mit Mühe rechtzeitig aus den Federn, um den Zug Richtung Florenz zu erwischen.

7.

Die letzten Seiten des Tagebuchs von Aurora

11.07 Uhr

Keine zwei Wochen ist es her, da war alles einfach noch ein Spiel. L. sagte zärtliche Dinge zu mir, und ich fühlte mich geliebt, allerdings nicht unbedingt aufgrund seiner Liebe, sondern eher ungeachtet der Gleichgültigkeit vonseiten Modestos, der sich ja, wie ich wusste, im selben Moment bei seiner Schauspielerin aufhielt. Ich erzählte L. davon, wie wenig Modesto über seine Vergangenheit verlauten lässt, und auch von seiner seltsamen Reaktion bei der Sache mit dem Landsmann. »Hmm, meiner Meinung nach verschweigt er etwas«, kommentierte L., und ich quasselte weiter: »Stell dir vor, ich habe erst drei Jahre nach der Hochzeit von seinen Hämorrhoiden erfahren.« Wir haben viel gelacht. Das war meine Art, es ihm zu vergelten, ich wollte ihn bloßstellen. L. fand es auch lustig, ihn aufs Korn zu nehmen, und so schlug er vor: »Weißt du was, wir schreiben ihm einen hübschen anonymen Brief.« Ohne meine Antwort abzuwarten, riss er ein Blatt aus seinem

Block, zog einen Kugelschreiber aus der Jacke, die über dem Stuhl hing, streckte sich, nackt wie er war, auf dem Bett aus und fing an zu schreiben.

Wir hatten ein bisschen getrunken, ich kicherte wie eine Idiotin, rieb mir die Hände, und er lag da und überlegte hin und her zwischen »marode« und »morsch«. Ich weiß noch, dass mir die »Schreckgesichter« überhaupt nicht gefielen, weil es so schauerlich klang, doch statt auf meinen Einwand einzugehen, gab er mir einen Kuss auf die Nase und äffte mich mit lustig verstellter Stimme nach (»so schauerlich«), und wir lachten uns halb tot. Außerdem wäre mir auch »bekloppt« lieber als »Dummkopf« gewesen, aber L. zufolge klang das weniger ernsthaft, und ich habe mich gewundert: War es nicht sowieso nur ein Scherz? Dann sah ich auf die Uhr, ich war schon viel zu spät dran. Ich zog mich eilends an und hetzte davon, und schon war der Brief vergessen. Anscheinend hat L. ihn noch abgetippt und am nächsten Morgen eingeworfen.

Jetzt weiß ich, dass selbst aus kleinsten Dingen, die sich irgendwo ansammeln, etwas entstehen kann – Kinder reißen im Spiel Blumen ab und diese sind plötzlich wie ein Kranz, Speisereste verstopfen auf Dauer die Spüle – und dass kleinste Dinge mit der Zeit unerwartete Veränderungen bewirken und auch ursprünglich riesengroß wirkende Dinge umkrempeln können. Der Kranz aus den abgerissenen Blumen könnte jemanden an etwas Trauriges erinnern und damit die Laune und so den ganzen Tag verändern, und mit dem Tag verändert sich das Leben, ganz zu schweigen vom Wasser, das in der verstopften Spüle hochsteigt und alles überschwemmen könnte.

15.40 Uhr

Ich betrachte das Foto, er mit diesen Stiefeln in diesem Sessel, und frage: »Was hast du getan? was hast du angestellt? wann kommst du zurück?« Wenn er jetzt zurückkäme und klingeln würde, den Schlüssel hat er nämlich nicht dabei, würde ich lässig fragen: »Wer ist da?«, und falls er »Ich« sagen würde, dann würde ich antworten: »Wer du? wer du? wer du?«, und dann könnte ich das Messer meines Vaters nehmen, das hier auf dem Wandbord liegt, könnte die Tür ganz langsam aufmachen und darauf warten, dass er einen Fuß in die Wohnung setzt und dann und dann

Wir haben in einer Kirche geheiratet, deren Apsis zerbombt war, und von den beiden Trauzeugen abgesehen, einem Nachbarn und einer Kollegin, waren wir allein, und so wurden unsere Welten zu einer einzigen und unsere Einsamkeiten nicht zu einer einzigen, weil es die nicht im Doppel gibt, sondern zu etwas ziemlich Einsamkeitsfernem, wenn nicht gar zu dessen purem Gegenteil. Und da es keine vorgespurten Wege oder festgelegten Richtungen gab, sind wir blind drauflosgelaufen, aber dafür waren wir von etwas erfüllt und bestärkt, das uns sagte: Das hier ist der richtige Weg der richtige.

Wir sind am Fluss entlangspaziert und über die Piazza und sind sogar in ein Museum gegangen. Ich habe ihm die Chimäre gezeigt, und er hat sie aufmerksam betrachtet und nichts gesagt. Erst beim Hinausgehen hat er meine Hand gepackt und verkündet, er habe sich an der Universität eingeschrieben, er wolle, dass wir lernen und arbeiten und in Würde leben, wir und die Kinder, die kommen würden. Da begriff ich etwas, das mir gleich danach, vielleicht vor lauter Euphorie, wieder entglitten ist. Glück ist vielleicht dieser kleine, winzige Raum zwischen dem Empfinden und der Erkenntnis, dass man eine bestimmte Sache zusammen mit einer bestimmten Person – nie allein – empfindet.

Wir waren so müde, dass wir nicht einmal Liebe machten, weil wir warten konnten, denn zu warten verstanden wir. Und als er im Traum etwas murmelte, erlebte ich zum zweiten Mal einen glücklichen Moment, weil ich das Gefühl hatte zu verstehen, was das für ein Traum war, und hätte mich jemand danach gefragt, hätte ich ihn in allen Einzelheiten beschreiben können. Ich drehte mich zu ihm um und atmete die Luft ein, die er ausatmete, bis ich einschlief.

8.

Die Sendung

Alles sprach dagegen und nichts dafür, dass Aurora ihn wohlwollend empfangen würde. Es war kalt und der Tag war trüb, was sich auf ihre Stimmung noch nie günstig ausgewirkt hatte. Außerdem stand Weihnachten vor der Tür, eine Zeit im Jahr, die sie verabscheute. Und was sollte er zu der Art und Weise sagen, wie er verschwunden war und nun wieder auftauchte? Modesto wusste, dass die Wirkung von Groll ungleich stärker war als die von Zuneigung, insbesondere wenn der Groll auf Liebe gewachsen ist, und hatte es nicht allzu eilig, nach Hause zu kommen. Obwohl er sich schwach fühlte und noch Schmerzen hatte, lief er ziellos durch die engen Gassen, die von teilweise weihnächtlich dekorierten Läden gesäumt waren. Vor dem Schaufenster des Elektrogeschäfts blieb er stehen. Zog das Portemonnaie hervor und zählte das Geld. Dann trat er ein.

»Eine wunderbare Anschaffung«, sagte die Verkäuferin, nachdem sie das Geld einkassiert hatte.

»Danke«, antwortete Modesto, »mit dem Transport ist es allerdings ein Problem.«

»Wohnen Sie weit von hier?«

»Nein, ganz in der Nähe.«

»Dann übernehmen wir das, machen Sie sich keine Sorgen«, beruhigte ihn die Verkäuferin.

Zwei junge Männer hoben den Karton hoch und trugen ihn zur Tür. Modesto folgte ihnen, sagte auf der Schwelle: »Wenn Sie erlauben, ich möchte gern tragen helfen.«

Die Männer machten ihm Platz. Nun packte auch er den Karton, bemühte sich nach Kräften, sich an ihr Tempo anzupassen, allerdings erfolglos, sodass er immer entweder hinter ihnen zurückblieb oder vorausschoss und ihnen im Weg stand.

Sie stellten den Karton mitten auf dem Trottoir ab, einer der Träger atmete tief durch und sagte: »Statt zu helfen, machen Sie es nur schwieriger.«

»Wenn Sie unbedingt zeigen wollen, dass Sie ihn selbst getragen haben«, sagte der Zweite, »können wir ihn ein paar Meter vor der Wohnung abstellen.«

»Darum geht es nicht«, sagte Modesto. »Aber bitte, machen Sie nur.«

Die beiden hoben die Kiste erneut an, trugen sie, immer wieder kurz aufblickend, die Treppe hoch und deponierten sie vor der Wohnungstür. Verabschiedeten sich dann und gingen. Er ließ ein paar Minuten verstreichen, bevor er anklopfte.

Als Aurora öffnete, sah sie, zusehends bleicher werdend, einen Moment ihn an und dann den Karton. Ihrer Miene nach zu schließen, war Modestos Äußeres nicht gerade einnehmend und weckte der Karton weniger Neugier als erhofft. Sie machte unvermittelt auf dem Absatz kehrt und verschwand wieder, ließ aber die Tür offen. Daraufhin schaffte er den Karton in die Wohnung, indem er ihn mal mit dem einen, mal mit dem anderen Fuß kraftvoll vorwärtsschob. Damit Aurora beim Auspacken zusehen konnte, stellte er ihn auf die Schwelle zwischen dem Flur und dem Wohnzimmer.

»Endlich haben auch wir einen«, sagte er, »wir haben einen Fernseher.«

Seine Frau stand abgewandt am Fenster, blickte in den Hof hinaus. »Ich habe den Ast des Zürgelbaums absägen lassen«, sagte sie.

Man konnte ein kahles, gräuliches Stück Baum sehen.

»Das ist gut.«

»Ich bin schwanger.«

Modesto schwieg. Eine Weile sagten beide nichts. Dann ging er auf sie zu, blieb in einiger Entfernung stehen.

»Aurora, das sind… wie soll ich sagen… wunderbare Neuigkeiten.«

Sie drehte sich um. »Wirklich?«

Modesto wollte sie anlächeln, dann erinnerte er sich an den Zahn und hielt sich zurück.

»Und ob«, sagte er und umarmte sie. Aurora war so überrumpelt, dass sie nicht reagierte. Er drückte sie fest an sich.

»Ist dir wieder der Zahn ausgefallen?«, fragte sie, sobald sie sich aus der Umarmung befreit hatte.

Modesto nickte lächelnd.

»Wie ist das denn passiert?«

Er lächelte, errötete ein wenig und sagte nichts.

Da stieg Aurora über den leeren Karton im Durchgang und verließ das Zimmer.

Mitten auf dem Tisch stand eine Schüssel Pasta. Der Fernseher war fürs Erste auf einer Kommode aufgestellt. Beide schwiegen. Bevor Aurora Pasta auf die Teller gab, trank sie ein wenig Wasser. Modesto schaute ihr zu. Beim Trinken hob sie immer das Kinn an, sodass die Kehle sichtbar wurde. Als er das zum ersten Mal gesehen hatte, war es ihm so vorgekommen, als könnte er durch die an dieser Stelle transparente Haut sehen, wie das Wasser die Kehle hinunter in die Tiefe floss, wie in eine Quelle. Aus diesem Grund bekam er, wenn sie trank, auch immer Durst. Er schenkte sich Weißwein ein.

Aurora füllte die beiden Teller. Er lehnte sich weit vor und schaltete den Fernseher ein. Zu Beginn konnte man nichts sehen. Dann wurde allmählich die Gestalt des Moderators eines Musikquiz erkennbar. Nach einigen Störungen beruhigte sich das Bild.

Stumm begannen Modesto und Aurora zu essen. Nun sah man Reihe um Reihe lächelnde Gesichter, Beifall wurde geklatscht. Eine Melodie folgte, dann begann der Moderator zu reden. Bis auf einmal schwarzer Hintergrund die Sendung unterbrach. Auf der gewölbten Oberfläche der Mattscheibe sahen sie – gespiegelt, winzig und verzogen – sich selbst, wie sie, ohne zu essen, am Tisch saßen und beide in die gleiche Richtung schauten. Es dauerte eine Sekunde. Gleich darauf erschien wieder das Bild des lächelnden und Beifall klatschenden Publikums.

Dank

Mein Dank gilt zahlreichen Büchern, ohne die mein Roman nie entstanden wäre: *Zenos Gewissen* von Italo Svevo, *Il giocatore invisibile* von Giuseppe Pontiggia, *Alpini im russischen Schnee* von Mario Rigoni Stern, *Il demone dell'analogia* von Mario Praz, *Die Erkenntnis des Schmerzes* von Carlo Emilio Gadda, *Il male oscuro* von Giuseppe Berto, *Alphabet der Gefühle* von Goffredo Parise, *Zwei späte Jungfern* von Tommaso Landolfi, *Aracoeli* von Elsa Morante, *Unter Bauern* von Cesare Pavese, *La favola pitagorica* von Giorgio Manganelli, *Ferrareser Geschichten* von Giorgio Bassani, *Des anderen Haus* von Silvio D'Arzo, *Diciotto racconti* di Beppe Fenoglio, *Sessanta racconti* von Dino Buzzati.

Mein Dank gilt auch diesen Werken, auf die ich in der einen oder anderen Weise zurückgegriffen habe: *La ritirata di Russia* von Egisto Corradi, *La follia della guerra. Storie dal manicomio 1940–1950* von Paolo Sorcinelli, *L'ombra della guerra* von Guido Crainz, *Tre imperi… mancati* von Aldo Palazzeschi, *Storia della cultura e della letteratura abruzzese* von Ernesto Giammarco, *Eleganza fascista* von Sofia Gnoli, *Io fascista* von Giorgio Pisanò.

Außerdem gilt mein Dank auch vielen Menschen:

meiner Schwester Ketevan dafür, dass sie mich auf meiner Reise nach Florenz begleitet und mit ihrer Malerei mein Leben bunter macht; meinem Bruder Lasha für die Musik, mit der er mich regelmäßig aufheitert; meiner Mutter Eter und meinem Vater Guram, dass sie an mein Schreiben glauben, obwohl sie noch nie etwas von mir lesen konnten; Arnaldo Transirico und Valeria Misseri für ihre Freundschaft und fürs Ermutigen; Francesco Transirico und Pinella Manganaro, Alessandra und Arnaldo Transirico für ihre Unterstützung; Giorgio und Liana Di Donato, Gianfranco Di Donato, Guerino Ambrosini, meinen unvergesslichen Gastgebern in den Abruzzen; Martino Baldi, der als Erster an dieses Buch geglaubt hat; Mario Baudino, Frederika Randall, Grazia Cianetti und Francesco Terracina, die sich die Mühe gemacht haben, erste, noch unfertige Versionen des Romans zu lesen; Giulia Caminito für ihr aufmerksames Lektorat; Daniela Di Sora und Valerio Aiolli für die wertvollen Ratschläge am Schluss.

Ein letzter, besonderer Dank geht an meine Tante Eter und die vielen anderen Georgierinnen und Georgier, die in Italien leben und arbeiten und mir durch ihre Würde, Hingabe und Hoffnung auf eine bessere Zukunft Tag für Tag helfen, weiterzumachen. Dieses Buch ist auch ihnen gewidmet.

Onkel Wanja. Bilder aus dem Landleben in vier Akten von Anton Tschechow wird in der Übersetzung von Johannes von Guenther zitiert (Philipp Reclam, Stuttgart 1966).

Foto: Maricò Panzarella

Ruska Jorjoliani wurde 1985 in Mestia, Georgien, im Großen Kaukasus geboren. Anfang der neunziger Jahre flüchtete die Familie vor ethnischen Säuberungen nach Tiflis, wo Ruska Jorjoliani, nach regelmäßigen Aufenthalten bei einer Gastfamilie in Palermo, das italienische Gymnasium besuchte. Seit 2007 lebt sie in Palermo und hat dort ein Philosophiestudium abgeschlossen. Als sie mit italienisch verfassten Gedichten einen Literaturwettbewerb gewinnt, entscheidet sie sich, auf Italienisch zu schreiben. *Drei Lebende, drei Tote* ist nach *Du bist in einer Luft mit mir* (Preis der Hotlist 2016) ihr zweiter Roman und hat in Italien für Aufsehen gesorgt.

Barbara Sauser, 1974 in Bern geboren, lebt im Tessin. Seit 2009 ist sie freiberufliche Lektorin und Übersetzerin aus dem Italienischen, Russischen, Französischen und Polnischen; www.barbarasauser.ch.

Cesare Pavese	*Der Mond und die Feuer*
Lisa Elsässer	*Fremdgehen*
Bruno Pellegrino	*Atlas Hotel*
Pascale Kramer	*Die Lebenden*
Romana Ganzoni	*Granada Grischun*
S. Corinna Bille	*Für immer Juliette*
Romain Gary	*Du hast das Leben vor dir*
Pascale Kramer	*Autopsie des Vaters*
Yael Inokai	*Mahlstrom*
Cesare Pavese	*Das Haus auf dem Hügel*
Matthias Amann	*Hunde im Weltraum*
Vincenzo Todisco	*Das Eidechsenkind*
Marie Modiano	*Ende der Spielzeit*
Ruska Jorjoliani	*Du bist in einer Luft mit mir*
Rolf Hermann	*Flüchtiges Zuhause*
Paolo Cognetti	*Fontane Numero 1*
Romain Gary	*Die Jagd nach dem Blau*